D. J. MacHale

Die Bibliothek der Geister

Der magische Schlüssel

D. J. MacHale

Die Bibliothek der GEISTER

Der magische Schlüssel

Aus dem Amerikanischen
von Bettina Obrecht

cbj

Dieses Buch ist auch als E-Book erhältlich.

Für meine guten Freunde aus Villanova

MIX
Papier aus verantwortungsvollen Quellen
FSC® C083411
FSC
www.fsc.org

Verlagsgruppe Random House FSC® N001967

1. Auflage 2018

Die amerikanische Originalausgabe erschien 2016
unter dem Titel »The Library – Book 1 – The Curse of the Boggin«
bei Random House Children's Books,
A division of Penguin Random House LLC, New York

Umschlaggestaltung: semper smile, München
Umschlagmotiv: © Shutterstock (luigi nifosi, Addoro, Turn on, cornflower, Delpixel, Triff, Kuttelvaserova Stuchelova, karelnoppe, fotandy)
hf · Herstellung: UK
Satz: KompetenzCenter, Mönchengladbach
Druck: GGP Media GmbH, Pößneck
ISBN 978-3-570-17541-5
Printed in Germany

www.cbj-verlag.de

»Nichts ist wirklich unheimlich –
außer Dinge in Büchern«

Jean Louise »Scout« Finch,
in »Wer die Nachtigall stört«
von Harper Lee

Prolog

Es befand sich unter dem Bett. Eltern behaupten ja immer, dass sich unter dem Bett ganz bestimmt nichts Unheimliches versteckt hält, auch nicht in den tiefsten Tiefen des Kleiderschranks. Und dort drüben im schwarzen Schatten lauert auch niemand. Genau so reden Eltern immer, und sie haben damit ja auch vollkommen recht. Meistens jedenfalls.

Unter dem Bett von Alex Swenor lauerte in dieser Nacht etwas, und dabei handelte es sich nicht nur um Staubmäuse.

»Schon wieder?«, fragte seine Mutter Lillian entnervt. »Ich habe jetzt eine Woche lang jeden Abend nachgesehen und jedes Mal finde ich das Gleiche, nämlich nichts.«

»Tut mir leid«, jammerte Alex. »Ich kann doch nichts dafür, dass ich immer etwas höre.«

Alex' Zimmer war typisch für einen Neunjährigen. Überall an den Wänden hingen »Avenger«-Plakate, auf einem kleinen Schreibtisch stand ein Computer, den er hauptsächlich benutzte, um Minecraft zu spielen. Und auf einem langen Regal standen seine Lieblingsbücher.

Nervös beobachtete er aus sicherer Entfernung, wie seine Mutter neben seinem Bett niederkniete und in die Dunkelheit starrte. Mrs Swenor beugte sich so tief hinunter, dass sich ihr Gesicht nur wenige Zentimeter über dem Boden befand. Sie hob die Jedi-Tagesdecke an, spähte darunter und …

»Aaaaah!«

Alex zuckte zusammen. »Ich hab's dir doch gesagt!«

»Das glaube ich jetzt einfach nicht!«, rief seine Mutter.

Sie griff unters Bett und zog einen Teller mit dem Rührei von gestern hervor. Sie hielt die klumpige Masse weit von sich weg, als sei sie ansteckend.

»Du hast gesagt, du hättest dein Frühstück aufgegessen«, sagte sie ärgerlich.

Alex stieß erleichtert die angehaltene Luft aus.

»Ich hatte keine Zeit und musste mich zwischen Frühstück und Schuhebinden entscheiden.«

»Oder du hättest zehn Minuten früher aufstehen können.«

»Tut mir leid. Ich war müde. Ich habe nicht so super geschlafen.«

Mrs Swenor wirkte etwas besänftigt. »Ich weiß, mein Schatz. Aber bitte glaub mir, unter deinem Bett hält sich kein Monster versteckt.« Sie küsste Alex auf den Scheitel und machte einen Schritt in Richtung Tür. »Ich hab dich lieb, auch wenn du ein kleiner Spinner bist.«

Sie ging mit dem stinkenden Rührei aus dem Zimmer, streifte dabei ihren Ehemann Michael, der die Szene von der Tür aus beobachtet hatte und so aussah, als beunruhige ihn die ganze Sache mehr als seine Frau.

»Alles klar bei dir, Kumpel?«, fragte er seinen Sohn besorgt.

»Ja, schon«, erwiderte Alex verlegen.

»Willst du heute Nacht bei uns schlafen?«

»Nee, ich stelle mich nur etwas blöd an.«

»Nein, tust du nicht. Du weißt, du kannst jederzeit rufen und wir sind sofort da. Egal was ist. In Ordnung?«

»In Ordnung, Dad.«

»Gute Nacht. Ich hab dich lieb.«

»Ich hab dich auch lieb.«

Michael Swenor warf einen letzten besorgten Blick auf seinen Sohn, dann ging er hinaus und zog leise die Tür hinter sich zu.

Alex starrte auf sein Bett, das an der hinteren Zimmerwand stand. Es war ein ganz normales Bett wie andere Betten auf diesem Planeten. Es gab damit wirklich kein Problem ... bis vor ein paar Tagen.

Es begann mit einem ganz leisen Kratzgeräusch, so als würden Ratten unter dem Bett hindurchhuschen. Die Wohnung der Swenors lag im obersten Stockwerk eines alten vierstöckigen Backsteinhauses mitten in New York. In so einem Haus war es nichts Ungewöhnliches, dass Ratten unter den Dielenbrettern hin und her huschten.

Dann kam das Klopfen. Ratten konnten nicht klopfen.

Wenn es klopfte, rannte Alex hinaus und zog seine Eltern in

sein Zimmer. Aber bevor sie den Raum betraten, waren die Geräusche jedes Mal verstummt. Tagsüber schämte sich Alex dafür, dass er so ein Angsthase war. Aber nachts, wenn alles still war, lag die Sache anders.

Alex rannte durchs Zimmer und hechtete aus einem Meter Entfernung mit einem Satz auf sein Bett – für den Fall, dass blutgetränkte Klauen nach ihm greifen und seinen Knöchel packen wollten. Er kroch unter die Decken, zog sie bis zum Kinn und lauschte. Nichts. Er hörte nur das Heulen einer Polizeisirene in der Ferne und das Rauschen der Stadt hinter dem geschlossenen Fenster.

Seine Mutter hatte recht: Unter seinem Bett versteckte sich kein Monster. Es war albern, sich wie ein verschreckter Zweijähriger aufzuführen, anstatt wie ein vernünftiger Neunjähriger. Er kniff die Augen zu und zwanzig Minuten später schlief er ein, ohne auch nur ein einziges weiteres merkwürdiges Geräusch gehört zu haben.

Alles war gut – etwa bis kurz nach Mitternacht. Es gibt keinen logischen Grund dafür, dass merkwürdige Begebenheiten oft gerade dann ihren Anfang nehmen, wenn der neue Tag anbricht, aber das ist häufig der Fall.

Das Kratzen war wieder da.

Alex riss die Augen auf, als habe direkt neben ihm ein Orchestermusiker auf die Pauke gehauen. Er lag ganz still. Das, was sich unter seinem Bett befand – worum auch immer es sich handelte –, war wieder da. Panik erfüllte ihn, sein Mund war ganz trocken. Er wollte laut nach seinen Eltern rufen, aber seine Kehle war so zugeschnürt, dass er keinen Piep von sich geben konnte.

Und dann kam das Klopfen. Was auch immer sich da unten befand – es war lebendig. Jedenfalls lebendig genug, um Geräusche zu erzeugen.

Jetzt hielt er es nicht mehr aus. Alex musste wissen, was es war. Ganz langsam, als wäre sein Körper plötzlich tonnenschwer, schob er sich an die Bettkante, beugte sich darüber und starrte auf den Boden. Seine Jedi-Decke war heruntergerutscht und lag halb auf dem Boden. Mondlicht fiel durchs Fenster und erhellte das Zimmer so weit, dass Alex das Bild von Chewbacca erkannte, der gerade brüllend den Kopf in den Nacken legte. Es war alles normal – bis sich die Decke bewegte.

Merkwürdigerweise machte ihm das keine Angst. Nein, es bestätigte nur, dass wirklich etwas da war. Etwas Normales. Etwas Echtes. Nichts Unheimliches. Wahrscheinlich war es eine Ratte. Alex hasste Ratten, aber er hatte keine Angst vor ihnen. Genug jetzt! Er streckte die Hand aus und riss die Decke weg.

Was er nun sah, war weit merkwürdiger als eine normale Ratte. In die Dielen des Holzbodens waren Worte eingeritzt. Worte, die vorher nicht da gewesen waren. Sie sahen so aus, als hätte sie jemand grob mit einem Messer geschnitzt. Oder mit einer Klaue. Alex musste sich tief hinunterbeugen, um sie lesen zu können.

»Gib den Schlüssel heraus«, las er laut.

Er streckte die Hand nach unten aus. Er wollte die Buchstaben berühren, um zu überprüfen, ob sie echt waren oder nur eine optische Täuschung. Seine Hand sank langsam tiefer, hatte die geheimnisvolle Botschaft beinahe erreicht. Fast berührten seine Fingerspitzen die merkwürdigen Zeichen, da war unter seinem Bett ein drohendes Knurren zu hören.

Ratten konnten nicht knurren.

Hastig zog Alex seine Hand zurück und drückte seinen Rücken gegen die Wand, denn ... die Jedi-Decke wurde lebendig. Sie flog bis in die Zimmermitte, hielt unvermittelt inne und fiel zu Boden. Nun war der Schuldige zu sehen.

Es war ein Hund. Ein Pitbull. Sein Kopf war beinahe so groß wie der Rest seines muskulösen Körpers. Seine breiten Kiefer sahen in seinem Schädel aus wie ein grinsender Halloween-Kürbis mit Zähnen. Reißzähnen, genauer gesagt. Das Tier wandte sich Alex zu, spannte die Muskeln an und sah Alex direkt in die Augen. Es war eindeutig kein liebes Hündchen.

»Dad!«, rief Alex gedämpft. Er hatte Angst, seine Stimme würde das Tier zum Angriff reizen.

Der Hund stand zwischen ihm und der Tür. Der Körper war angespannt wie eine Gitarrensaite. Er starrte Alex an.

Alex warf einen Blick in Richtung des Fensters über seinem Bett. Es war seine einzige Chance. Er hechtete hin, riss es auf und schwang sich hinaus auf das Metallgitter der Feuerleiter. Hinter ihm setzte der Hund zum Sprung an.

»Dad!«, schrie Alex jetzt laut.

Er knallte das Fenster gerade noch rechtzeitig zu. Da das mächtige Tier bereits losgesprungen war, donnerte es mit dem Kopf gegen die Scheibe. Ein Spinnennetz aus Rissen durchzog das Glas. Das Fenster ging nicht zu Bruch, aber das Tier gab nicht auf. Immer wieder rammte er seinen Schädel gegen die Scheibe, entschlossen, sich seinen Weg zu bahnen.

Alex musste hier raus. Die Wohnung seiner Familie befand sich im obersten Stockwerk. Schnell und ohne Schwierigkeiten würde er das Dach erreichen. Er packte die Metallsprossen der Leiter und nahm den kurzen Aufstieg in Angriff. Er war beinahe oben, als das Fenster unter ihm zerbarst und der Hund in einer Explosion von Glasscherben ins Freie schoss. Alex erstarrte und sah nach unten. Das Tier glotzte ihn mit wütenden roten Augen an.

»Lass mich in Ruhe!«, schrie er den Hund an.

Alex schwang sich über die niedrige Sicherheitsmauer auf das schwarze, mit Teerpappe gedeckte Dach und rannte um sein Leben. Es herrschte tiefste Nacht. Licht spendeten nur die Stadt, der Mond und die Sterne über ihm. Er rannte zum entgegengesetzten Ende des Dachs, in der Hoffnung, dort auf eine weitere Feuerleiter zu stoßen. Als er die Kante des Gebäudes erreichte, beugte er sich vor, um nachzusehen … keine Feuerleiter. Er fuhr herum, suchte panisch nach einer Tür, die ihn zurück ins vierte Stockwerk führen würde. Aber stattdessen entdeckte er den Pitbull, der ihn vom anderen Ende des Dachs anstarrte.

Wie ist der die Leiter hochgekommen?, überlegte Alex.

Er hatte keine Zeit, sich darüber weitere Gedanken zu machen, denn sobald das Tier ihn erblickt hatte, sprang es von der Sicherheitsmauer herunter und raste auf ihn zu.

Alex wandte sich hastig um, suchte nach einem Fluchtweg. Jetzt entdeckte er etwas, das er zuvor übersehen hatte. Es war doch eine Metallleiter an der Außenseite des Gebäudes befestigt. Wie hatte ihm das entgehen können? Egal. Es war seine einzige Hoffnung.

Der bösartige Hund hatte bereits die Hälfte der Strecke zurückgelegt und preschte schnell voran. Zähe Geiferfäden tropften aus seinem Maul, als er die scharfen Reißzähne fletschte. Alex musste weg. Er rannte die wenigen Meter bis zu der Stelle, an der die Metallleiter anfing, schwang die Beine über die Dachkante und wollte sich auf die erste Sprosse stellen, aber … die Leiter war weg. Verschwunden. Aufgelöst.

Da Alex sich bereits über die Kante geschwungen hatte, fiel er nun. Verzweifelt fasste er nach der Dachkante und konnte sich gerade noch festkrallen. Er hing an den Fingern beider Hände. Seine bloßen Füße baumelten vier Stockwerke über dem harten Asphalt. Die Gedanken rasten durch seinen Kopf: Wie konnte ich nur so dumm sein? Wie bin ich nur auf die Idee gekommen, dass hier eine Leiter ist? Beißt mir der Hund jetzt in die Finger?

Der Hund.

Alex hörte das Kratzen der Hundekrallen auf der Dachpappe, während das Tier näher kam. Er hob den Kopf und erwartete, dass nun gleich die geifernde Hundeschnauze über ihm auftauchen würde. Aber stattdessen sah er eine alte Frau, die auf ihn herunterblickte.

»Helfen Sie mir!«, rief Alex ihr zu.

Ihr graues Haar ging ihr bis zur Hüfte. Sie trug ein langes waldgrünes Kleid. Darüber hatte sie einen schwarzen Schal geschlungen, den sie sich mit einer bleichen Hand über der Brust zusammenhielt. Haarsträhnen wehten um ihren Kopf wie wild tanzende Geister. Ihr Gesicht war zwar blass und runzlig wie das einer Hundertjährigen, aber ihr Blick war klar und scharf. Wahnsinn brannte darin.

Ganz kurz hatte Alex Erleichterung verspürt, aber diese zerstob, als er in die grauenvollen Augen der alten Frau blickte.

»Dad!«, brüllte er verzweifelt.

Er hatte nicht die Kraft, sich noch lange festzuhalten.

»Retten Sie mich!«, flehte er die Frau an. »Bitte!«

Die Frau beugte sich über ihn und sah ihm direkt in die Augen.

»Aber nein«, antwortete sie mit einer dunklen Stimme, die wie aus einem leeren Grab zu ihm hallte, »das würde mir überhaupt nicht weiterhelfen. Also, wenn du nichts dagegen hast … dann fall jetzt bitte hinunter.«

»Dad!«, schrie Alex wieder und verlor den Halt.

Seine Finger rutschten von der Kante und er glitt ab … Eine Hand schoss herunter, packte ihn am Handgelenk und rettete ihn vor dem tödlichen Sturz. Rasch wurde er in die Höhe und über die Dachkante gezogen, als würde er nicht mehr wiegen als eine seiner Spielzeugfiguren. Eine Sekunde später stand er sicher und fest auf dem Dach.

»Dad!«, rief Alex und schlang seine Arme um seinen Vater.

»Es ist alles gut«, sagte Michael Swenor beruhigend und drückte seinen Sohn an seine Brust. »Versprochen.«

»Wo ist sie?« Alex sah sich furchtsam um. »Wohin ist sie verschwunden?«

»Wer denn?«

»Die alte Frau. Sie wollte, dass ich vom Dach falle. Und unter meinem Bett war ein Hund. Und da war eine Leiter, aber die ist einfach verschwunden, ich schwöre es! Ich lüge nicht!«

»Ich weiß, dass du nicht lügst«, sagte Mr Swenor. Seine Stimme brach, er kämpfte gegen die Tränen. »Komm, wir gehen runter zu deiner Mutter und reden über alles.«

Alex lockerte zögernd seine Umarmung und sah seinen Vater an.

»Weißt du denn, was passiert ist, Dad?«

Michael Swenor holte tief Luft, dann antwortete er, als würde ihm das Reden Schmerzen bereiten.

»Ja, ich weiß es, und es ist eine lange Geschichte«, sagte er schließlich. »Es wird Zeit, dass du sie hörst. Die ganze Geschichte. Und deine Mutter auch.«

»Dann glaubst du mir also?« Endlich hatte sich Alex wieder unter Kontrolle.

»Ja, tue ich.«

Michael Swenor erhob sich und hielt seinem Sohn die Hand hin. »Los, komm, wir gehen zu Mommy.«

Ihre Hände trafen sich nicht.

Plötzlich war der Pitbull wieder da. Er preschte über das Dach auf sie zu wie ein außer Kontrolle geratener Güterzug.

»Pass auf!«, schrie Alex.

Michael Swenor hatte kaum Zeit, den Blick zu heben, da hatte ihn der Hund schon angesprungen. Instinktiv wich er zurück, aber er stand zu dicht an der Dachkante. Er stolperte, stieß gegen die niedrige Sicherheitsmauer und kippte hintenüber.

»Nein!«, schrie Alex.

Im Zimmer darunter hörte Lillian Swenor den Schrei. Ihr Körper wurde so steif, als wäre sie mit einem Elektroschocker berührt worden. Einen Moment lang konnte sie sich nicht bewegen und wusste nicht, was sie tun sollte. Tief in ihrem Herzen war ihr aber klar, dass es nichts mehr zu tun gab. Sie sah sich in Alex' Zimmer um, als würde sie dort die Antwort finden. Das Fenster stand offen, aber nirgendwo lagen Glassplitter. Ihr Mann Michael hatte das Fenster aufgerissen, als sie Alex' entsetzte Schreie gehört hatten, und war in sein Zimmer gerannt. Es gab keinen Hinweis darauf, was bei Alex eine solche Panik ausgelöst und ihn hinaus aufs Dach getrieben hatte.

Nur eine Spur war von dem geheimnisvollen Vorfall zurückgeblieben. Durch einen Tränenschleier betrachtete Mrs Swenor den Boden. Sie ließ ihre Finger über die Worte gleiten, die ins Holz der Dielen eingeritzt waren:

Gib den Schlüssel heraus.

Die Worte waren noch immer da.

»Oh, Michael«, flüsterte sie in die Leere des Zimmers. »Was hast du getan?«

Kapitel 1

»Leute, benutzt zur Abwechslung mal euer Gehirn!« Ungeduldig schritt Mr Winser, der Sozialkundelehrer, in der dritten Stunde durch die Reihen der Schüler und hielt Ausschau nach seinem nächsten Opfer.

Winser hatte bereits Sozialkunde unterrichtet, als ich noch gar nicht auf der Welt war. Vielleicht sogar schon, als meine Eltern noch nicht geboren waren. Er war ein Fossil, das breite Krawatten trug, die so hässlich waren, dass ich nicht erkennen konnte, ob die widerwärtigen Muster beabsichtigt waren oder von verkleckerten Mahlzeiten herrührten.

»Könnte mir bitte jemand eine intelligente Antwort anbieten?«, fragte er mit abgrundtiefer Verachtung. »Nennt mir einige negative Auswirkungen der Evolution von der Periode des *Homo erectus* bis zur Periode des *Homo sapiens*!«

Winser wandte sich um und deutete mit dem Finger auf ein nichts ahnendes Mädchen.

»Miss Oliver!«, kläffte er.

Gwen Oliver setzte sich kerzengerade hin, als hätte ein Blitz aus Winsers Fingerspitze sie getroffen. Gwen war kein Sozialkunde-Genie. Auch kein Mathe-Genie. Genau genommen war sie auf keinem Gebiet ein Genie. Sie gehörte einfach zu der Sorte Mädchen, die sich größte Mühe geben, irgendwie durchzukommen, ohne allzu viel nachdenken zu müssen.

»Ähm …«, sagte sie zögernd, in der Hoffnung, Winser würde weitergehen.

»Inakzeptabel!«, rief er. Diesen Begriff verwendete er oft. »Steh auf. Sorge dafür, dass dein vernachlässigtes Hirn endlich mal durchblutet wird.«

Gwen warf ihm einen ratlosen Blick zu. Sie rührte sich nicht.

»Ich habe gesagt, du sollst aufstehen!«, blaffte Winser.

Sie erhob sich sehr langsam, stand mit hängenden Schultern da und zupfte nervös an ihrer langen, kastanienbraunen Mähne. Alle Blicke waren auf sie gerichtet. Wenn das nicht ihr schlimmster Albtraum war, dann kam er ihm sicherlich sehr nahe.

»So, nun erfülle den Raum mit deinem Wissen. Erleuchte uns alle mit deinen Gedanken zu den Fragen der Evolution.«

Er hätte von ihr genauso gut verlangen können, die Kernfusion zu erklären.

»Ich … ich weiß nicht.« Ihre Stimme war so leise, dass nur ein hervorragend ausgebildeter Rettungshund sie hätte vernehmen können.

»Inakzeptabel!«, blaffte Winser. »Hast du den Stoff durchgearbeitet?«

Gwen nickte und zuckte gleichzeitig mit den Schultern.

»Und was soll das jetzt heißen?« Mr Winser äffte sie nach, indem er übertrieben mit den Schultern zuckte.

Gwen zuckte noch einmal mit den Schultern. Sie sah so aus, als würde sie gleich in Tränen ausbrechen.

»Dann werde ich für dich antworten«, sagte Winser. »Du hast es gelesen, aber nichts verstanden. Kommt das in etwa hin?«

Gwen schenkte ihm ein trauriges Lächeln. Sie nickte.

»Erbärmlich. Sitz!«, kommandierte Winser, als redete er mit einem Hund. »Es sind wirklich keine sehr komplizierten Gedankengänge – höchstens für dich.«

Gwen setzte sich, gleichzeitig erleichtert und gedemütigt. Sie hatte das Kapitel über die Evolution vielleicht nicht verstanden, aber sicherlich hatte sie es nicht verdient, dass man sie so behandelte.

Winser drehte sich um und deutete direkt auf mich.

»Marcus O'Mara!«

Ich zuckte mit keiner Wimper. Ich hatte darauf gehofft, dass er mich ansprechen würde.

»Das ist ein Geschenk für Sie, Mr O'Mara!«, rief Mr Winser. »Nach dem unbefriedigenden Auftritt von Miss Oliver haben Sie jetzt leichtes Spiel.«

Er schmunzelte, weil er so eine geniale Bemerkung gemacht hatte. Aber niemand außer ihm lachte. Ich starrte ihm direkt in die Augen und antwortete nicht.

»Also?«, hakte Winser ungeduldig nach.

Ich sah ihm in die Augen und sagte kein Wort.

»Haben Sie mich gehört, Mr O'Mara? Oder sind Ihre Ohren etwa genauso außer Betrieb wie Ihr Gehirn?«

Ich stand da wie eine Statue.

»Soll ich Ihr Schweigen etwa als Beweis dafür deuten, dass Sie den Stoff ebenfalls nicht verstanden haben?«

Ich gönnte ihm kein Zucken, kein Blinzeln. Winser fing an, nervös zu zappeln. Er war es eigentlich gewöhnt, dass jeder Schüler vor Angst zitterte, wenn er vor ihm stand.

»Ich warte immer noch auf Ihre Antwort, Mr O'Mara«, sagte Mr Winser.

Leichte Unsicherheit lag in seiner Stimme.

Ich erhob mich langsam und ging mit sehr bedächtigen Schritten nach vorne. Ich glaube, alle hielten in diesem Moment den Atem an, denn abgesehen vom Geräusch meiner Schritte war nichts zu hören. Ich marschierte zum Whiteboard, nahm mir einen Marker und schrieb in dicken blauen Buchstaben:

SIE SIND DOCH LEHRER. VERSUCHEN SIE ES DOCH MAL MIT UNTERRICHTEN.

Als ich mit dem Marker schwungvoll den zweiten Punkt gesetzt hatte, brach die Klasse in lautes Jubeln aus. In Winsers Gesicht stieg Zornesröte. Er hob die Hände, die Klasse beruhigte sich und wartete ab, wie es nun weitergehen würde.

»Das verschafft dir zwei Tage Nachsitzen«, knurrte er mit zusammengebissenen Zähnen.

Ich wandte mich wieder der Tafel zu und schrieb:

SIE SIND TROTZDEM EIN
MISERABLER LEHRER.

Die Klasse reagierte mit wildem Applaus und Pfiffen. Ich hielt Winser den Marker hin, sah ihn so durchdringend an, dass er den Blick abwenden musste, und ließ den Stift dann zu Boden fallen. Klack!

Die Schüler sprangen von den Stühlen und jubelten. Selbst Gwen Oliver grinste von einem Ohr zum anderen.

Am Nachmittag nach Unterrichtsende saß ich im leeren Klassenzimmer. Es war der erste von fünf Tagen, an denen ich nachsitzen sollte. Mir war das egal. Ständig hielt man uns Vorträge darüber, wie schlimm es ist, jemanden zu mobben, und dass man das nicht tun sollte. Ich bin der Meinung, das gilt auch für Lehrer.

Also ehrlich gesagt, fand ich Nachsitzen gar nicht schlimm. Immerhin hatte ich so die Gelegenheit, meine Hausaufgaben zu machen. Genau genommen war ich sogar gezwungen, meine Hausaufgaben zu machen. Immerhin hatte ich dann schon alles erledigt, wenn ich nach Hause kam, und konnte fernsehen. Man muss Dinge immer positiv sehen.

»Im Ernst jetzt?«, sagte eine Stimme vor dem Fenster. »Du hast den Marker fallen lassen und bist einfach weggegangen?«

»Du bist wohl verrückt geworden«, sagte eine zweite Stimme.

Vor dem offenen Fenster standen meine beiden Freunde, Annabella Lu und Theo McLean.

Lu war nicht zu übersehen. Sie war chinesischer Abstammung und trug ihre glatten, pechschwarzen Haare in einem kinnlangen Pagenkopf und einem Pony, der gerade noch so die Augen frei ließ. Während die meisten anderen Mädchen nur etwas Lipgloss auftragen, sind Lus Lippen grundsätzlich grell rot geschminkt. Ihre blasse Haut machte sie noch auffälliger. Damit gleicht sie einer sprechenden Verkehrsampel. Lu trug ein rotkariertes Hemd über einem schwarzen T-Shirt und abgeschnittene Jeans. Keines der anderen Mädchen sah auch nur entfernt so aus wie Lu. Und genau das war ja Lus Absicht. Ich nannte sie Lu, weil Annabella einfach viel zu viele Silben hatte.

»Der Typ hat doch eine Meise«, sagte ich achselzuckend.

»Und du bist jetzt ein Held«, sagte Lu.

»Ich möchte gar kein Held sein.«

»Dann sei vorsichtig. Sonst könnte es sein, dass die Leute dich plötzlich mögen.«

»Damit hast du Winser einen Vorwand geliefert«, sagte Theo. »Jetzt wird er dich das ganze Jahr lang nicht aus den Augen lassen.«

Theo redete immer wie ein Professor, der eine Vorlesung hält. Er war dunkelhäutig und stets so gekleidet, als käme er gerade vom Brunch in einem vornehmen Country Club. Seine Hemden und seine Khakishorts waren grundsätzlich so glattgebügelt, dass kein Fältchen zu sehen war. Und er trug Krawatten. Besser gesagt: Fliegen. Alles in allem sah er genauso aus wie ein Schüler, der jeden Tag von den anderen verprügelt wird. Dass dies nicht geschah, verdankte er seiner Lebensversicherung … Mit mir legte sich so schnell keiner an.

»Es ist erst Oktober«, sagte Theo. »Das Schuljahr dauert noch ziemlich lang.«

»Ja, für Winser auch«, sagte ich. »Wenn er nicht lockerlässt, tue ich das auch nicht.«

»Das gefällt mir nicht.« Theo runzelte die Stirn. »Das kann doch nur noch schlimmer werden.

»Fünf Nachmittage Nachsitzen!«, sagte Lu. »War es das wert?«

»Wie siehst du das?«, fragte ich.

»Wie ich das sehe?«, fragte Lu überrascht. »Musst du wirklich fragen? Kennen wir uns? Klar, war es das wert.«

»Dankeschön«, sagte ich.

»Ich muss los«, sagte Lu. »Ich habe Training.«

Sie stieß sich ab und sauste auf ihren Rollerskates den Gehweg entlang. Lu spielt in der Rollerderby-Mannschaft. Sie flitzte so schnell, dass ihr Hemd und ihre Beine zu einem einzigen roten Farbfleck verschwammen.

»Brauchst du was?«, fragte Theo.

»Mann, Theo, mach dich locker. Das hier ist Nachsitzen, nicht der Knast.«

»Klaro.«

Ja, Theo sagt sehr häufig »klaro«. Wenn er nicht mein bester Freund wäre, würde ich ihn dafür vermutlich verprügeln.

»Wir sehen uns morgen«, sagte er und machte sich in die andere Richtung davon.

In der Stony-Brook-Mittleschule hatte ich nicht viele Freunde. Genau genommen waren es zwei. Lu und Theo. Cliquen lagen mir nicht. Wir drei legten keinen besonderen Wert darauf, zu den angesagten Leuten zu gehören. Das hätte ja bedeutet, dieselben Klamotten zu tragen wie alle anderen und sich über die Leute lustig zu machen, die sich nicht anpassten. Wir machten, was wir wollten, weil es uns egal war, was jemand anderes über uns dachte. Wir genossen also die absolute Freiheit.

Ich sah auf die Uhr. Zwanzig Minuten waren von meinem ersten Nachsitz-Nachmittag noch übrig. Ein Klacks für mich. Ich zog mein Erdkundeheft hervor und wollte mich gerade auf die wundersame Welt des vulkanischen Magmas einlassen, als mich so ein merkwürdiges Gefühl beschlich … als würde mich jemand beobachten. Ich sah wieder zum Fenster. Waren Lu oder Theo vielleicht zurückgekommen? Fehlanzeige. Aber ich war nicht allein.

Ich sah zur offenen Klassenzimmertür und stellte fest, dass dort ein Mann stand. Er starrte mich mit ausdrucksloser Miene an. Und als wäre das nicht seltsam genug, trug er einen Schlafanzug und einen Bademantel. Mir lief ein Schauer über den Rücken.

»Suchen Sie jemanden?«, fragte ich.

Crash! Aus dem Flur war das Geräusch von zersplitterndem Glas zu hören. Es war so laut und kam so überraschend, dass ich zusammenzuckte.

Der Mann, der in der Tür stand, reagierte kaum. Er schaute den Flur entlang, dann drehte er sich um und ging langsam in die entgegengesetzte Richtung.

Ich sprang hoch und rannte los, um nachzusehen, was passiert war. Ich sah in den Flur und rief dem Mann nach: »Hey! Was war …?«

Der Mann war verschwunden. Wie bitte? Er konnte doch eigentlich erst ein paar Schritte entfernt sein, aber er war nicht mehr zu sehen. Vielleicht hatte er sich im angrenzenden Klassenzimmer versteckt. Merkwürdig.

Ich schaute in die andere Richtung und erkannte den Grund für das berstende Geräusch. Etwa in der Mitte des Flurs war eine Glasvitrine mit Sporttrophäen vollkommen zerstört. Hoppla.

»Mrs Holden?«, rief ich laut.

Mrs Holden war stellvertretende Schulleiterin und beaufsichtigte mein Nachsitzen. Erst vor einer kurzen Weile hatte sie meinen Klassenraum verlassen, um zu erledigen, was stellvertretende Schulleiter nach dem Unterricht so alles erledigen. Wo auch immer sie sich jetzt aufhielt, sie antwortete nicht.

Ich ging auf die kaputte Vitrine zu und als ich näher kam, erzeugten meine Turnschuhe auf den Glassplittern ein knirschendes Geräusch. Die Vitrine enthielt Pokale und Medaillen, die längst vergessene Sportmannschaften im Laufe vieler Jahre errungen hatten. Die Teile der Vitrine lagen überall verstreut. Manche Trophäen waren in zwei Teile zerbrochen, andere komplett zerstört. Die Glasscheibe, die sie geschützt hatte (haha!), lag in einer Million winziger Glassplitter auf dem Boden. Derjenige, der das hier verbrochen hatte, würde nicht ungestraft davonkommen. Der Typ im Schlafanzug musste alles beobachtet haben.

Ich ging noch einen knirschenden Schritt näher heran und sah vor mir auf dem Boden etwas, was eigentlich überhaupt nicht da sein konnte. Winzigste Glassplitter lagen überall, aber direkt unter der Vitrine waren die Scherben zu einem Muster zusammengelegt, das Worte ergab. Worte aus Abertausenden kleiner Glassplitter wie ein Mosaik.

»Gib den Schlüssel heraus!«, las ich laut.

Meine Gedanken wirbelten wild durcheinander. Wie konnte das sein? War es möglich, dass die Glassplitter zufällig so gefallen waren? Undenkbar. Aber es hatte doch niemand Zeit gehabt, die Buchstaben so hinzulegen.

Crash!

Der Zerstörer tobte immer noch. Jetzt kam das Geräusch aus einem Teil des Flurs, der um die Ecke lag. Ich spurtete los, bog um die Ecke und entdeckte den Übeltäter. Meine Knie wurden weich. Einige Meter vor mir stand ein riesiger, schwarzer Stier. Jawohl, ein Stier.

»Meine …«

Das Tier schwang seinen Kopf wütend hin und her. Seine langen, spitzen Hörner blitzten. Das Vierhundert-Kilo-Monster wirkte gar nicht wie ein lebendiges Tier, eher wie ein Schatten.

Ich hatte keine Ahnung, was ich tun sollte. Dann fiel der Blick des Stiers direkt auf mich. Das Tier erstarrte, schnaubte und grub seinen Vorderhuf in den Boden. Ich hatte genügend Filme über Stierkämpfe gesehen, um zu erkennen, dass das kein gutes Zeichen war. Ich wagte es nicht, mich zu bewegen, aus Angst, einen wütenden Angriff des Ungeheuers auszulösen. Einen Angriff auf mich.

»Mr O'Mara?«

Ich blickte rasch nach links. Da stand Mrs Holden direkt neben der Tür meines Klassenzimmers. Keine gute Idee. Denn sobald ich den Blick abwandte, ging der Stier zum Angriff über. Ich konnte nur eines tun … rennen.

»Schnell weg!«, rief ich Mrs Holden zu, während ich auf sie zu spurtete.

Mrs Holden kam einen Schritt auf mich zu und machte ein verwirrtes Gesicht.

»Was machst du denn da?«, fragte sie.

Der Stier erreichte die Ecke hinter mir. Um nicht auszurutschen, bohrte er seine Hufe ins Linoleum, aber er kam nicht um die Kurve. Er rutschte und krachte mit schmerzerfülltem Stöhnen in die gegenüberliegende Wand. Der ganze Boden bebte von dem Aufprall. Aber das bremste das Tier nicht, sondern steigerte seinen Zorn noch. Es stieß ein wütendes Gebrüll aus, von dem sich meine Nackenhaare aufstellten. Ich raste durch die Glassplitter vor der Pokalvitrine. Meine Schritte knirschten. Ich fürchtete schon, ich würde ausrutschen und fallen. Der Stier hatte sich wieder hochgerappelt und holte jetzt schnell auf.

Mrs Holden ging immer noch auf mich zu, sie hatte die Arme ausgestreckt und die Handflächen nach oben gedreht: »Was ist denn los?«, hieß diese Geste.

»Aus dem Weg!«, rief ich.

Der Stier stieß ein markerschütterndes Geheul aus. Mir war vorher gar nicht klar gewesen, dass Stiere heulen konnten. Ich war mir sicher, dass ich seinen heißen Atem im Nacken spürte. Ich würde niedergetrampelt werden. Oder aufgespießt. Oder beides.

»Schnell, ins Klassenzimmer!«, rief ich Mrs Holden zu.

Ich schnitt die Kurve und flitzte in Richtung Tür.

Das Donnern der Hufe auf dem harten Boden wurde lauter. Es würde sehr eng werden. Ich hielt die Luft an, rechnete damit, gleich die Hörner im Rücken zu spüren. Ich bremste scharf ab und rutschte über den gewachsten Boden. Einen Moment lang dachte ich noch, ich würde die Tür verfehlen, aber dann fanden meine Turnschuhe Halt und ich hechtete ins Klassenzimmer. Im nächsten Moment prallte ich gegen einen Tisch in der ersten Reihe und polterte in einem Wirrwarr aus Büchern und Möbeln zu Boden. Undeutlich hörte ich, wie der zornige

Stier an der offenen Tür vorbeipreschte wie ein Güterzug auf dem Weg zum nächsten Bahnhof.

Als ich aufsah und versuchte, die Fassung wiederzugewinnen, stellte ich fest, dass der Typ im Bademantel wieder da war. Er stand mit hängenden Armen vollkommen ruhig inmitten dieses Tumults. Er fasste in die Tasche seines Bademantels und zog eine braune Lederschnur hervor, die er mir entgegenhielt. An der Schnur hing ein großer, altmodischer Messingschlüssel.

Ich rappelte mich auf die Knie, den Blick starr auf den Schlüssel gerichtet, der vor meinen Augen hin und her pendelte, als sollte ich hypnotisiert werden. Ich streckte die Hand nach ihm aus, aber meine Finger griffen ins Leere, als sei er ein Trugbild. Ein Schatten. Eine Erscheinung. Ich sah den Mann fragend an. Er zuckte traurig mit den Schultern.

»Mr O'Mara!«

Ich wandte mich schnell um. Mrs Holden stand in der Tür und hatte die Hände in die Hüften gestemmt. Sie sah ziemlich verärgert aus. Die Realität hatte mich wieder. Ich sprang auf und rannte zu ihr, stolperte dabei über Bücher und beinahe auch noch einmal über das Pult.

»Alles in Ordnung?«, fragte ich.

»Ob bei mir alles in Ordnung ist?«, erwiderte Mrs Holden wütend. »Was um alles in der Welt ist los mit dir?«

»Was glauben Sie denn?«, fragte ich fassungslos. »Der Stier!«

»Ja, so könnte man das auch nennen.« Mrs Holden runzelte die Stirn. »Ich wünsche eine Erklärung.«

Meine Gedanken überschlugen sich. Das alles ergab keinen Sinn. Ich rannte an ihr vorbei zur Tür.

»Was gibt es da zu erklären?«, rief ich. »Sie haben es doch gesehen.«

Ich starrte den Flur entlang und sah … keinen Stier. Ich sah hinüber zu der zerstörten Vitrine. Das Glas war vollkommen intakt. Die Trophäen waren unbeschädigt. Es lagen keine Glasscherben auf dem Boden und aus den Splittern waren keine Wörter zusammengelegt. Wie? Ich stand da und versuchte, zu verstehen, was ich sah. Beziehungsweise nicht sah. Dann fiel er mir wieder ein.

»Fragen Sie den da! Der hat alles gesehen!«, rief ich und wirbelte herum. »Hey, Sir, erklären Sie ihr …«

Der Mann war verschwunden.

»Waaas?«, stammelte ich. Ich ließ meinen Blick durch den Raum schweifen. Kein Mann im Bademantel. Es gab keinen zweiten Ausgang. Er war einfach verschwunden. Schon wieder. Oder vielleicht war er nie da gewesen? Wie der gespenstische Schlüssel. Ich fuhr mir mit der Hand durch mein dichtes braunes Haar und wischte mir den Schweiß von der Stirn.

»Möchtest du noch weitere Stunden nachsitzen?«, fragte Mrs Holden.

»Ich … nein. Ich habe gedacht, ich sehe … haben Sie ihn denn nicht gesehen?«

»Wen gesehen?« Die Stimme von Mrs Holden wurde immer ungeduldiger.

Ich antwortete nicht. Mir war klar, wie durchgeknallt das klingen würde … ich fühlte mich ziemlich durchgeknallt. Sie hatte keinen Schimmer, wovon ich redete.

»Nichts«, sagte ich. »Ich dachte nur, ich … ach, egal.« Ich lief schnell zu dem umgestürzten Schreibtisch und stellte ihn wieder auf. »Tut mir leid.«

Ich spürte, wie mich ihr Blick durchbohrte. Sie musste ebenso verwirrt sein wie ich – allerdings war ich mir nicht sicher, ob das überhaupt möglich war.

»Ist mit Ihnen alles in Ordnung, Mr O'Mara?«

Bei mir war überhaupt nichts in Ordnung.

»Alles gut«, sagte ich und setzte mich wieder an meinen Tisch »Es tut mir leid. Ich mache jetzt weiter meine Hausaufgaben.«

Mrs Holden beobachtete mich noch eine Weile, dann wandte sie sich um und ging in Richtung Tür. Auf halber Strecke machte sie kehrt und setzte sich an das Lehrerpult. Ich glaube, sie wollte mich im Auge behalten. Das war kein Problem, denn ich wollte auch nicht allein sein.

Ich schlug mein Erdkundebuch auf und zog ein leeres Blatt Papier hervor. Mrs Holden nahm wahrscheinlich an, dass ich mir Notizen zum Thema Magma machte. Das tat ich aber nicht. Ich wollte den Schlüssel zeichnen. Ich wollte das festhalten, bevor ich die Einzelheiten vergaß. Mit schnellen Strichen skizzierte ich den zehn Zentimeter langen Schlüssel, den ich nur einen Moment lang gesehen hatte, bevor meine Hand durch ihn hindurchgeglitten war. Unter die Zeichnung schrieb ich den Satz, der mir genauso unlogisch erschien wie alles andere, was ich gesehen hatte. Oder gesehen zu haben glaubte.

Gib den Schlüssel heraus.

Kapitel 2

»Nachsitzen?«, schrie mich meine Mutter ungläubig an. »Schon wieder nachsitzen?«

Sie stand an der Küchentheke und hielt eine hölzerne Spaghettigabel wie eine Waffe. Ich rechnete damit, dass sie sie mir gleich an den Kopf werfen würde.

»Der Typ hat es nicht anders verdient«, argumentierte ich. »Er hat sich übel aufgeführt und …«

»Es ist mir ganz egal, ob er dir dein Pausenbrot geklaut hat oder ob du auf dem Kopf stehen musstest. Die Autorität von Lehrern stellt man nicht infrage.«

»Aber er hat das Mädchen richtig vorgeführt!«

Mom knallte die Holzgabel so heftig auf die Arbeitsplatte, dass ich erwartete, die Gabel würde kaputtgehen. Oder die Küchentheke.

»Dir ist schon klar, dass das in deine Akte aufgenommen wird, wenn du mehrere Tage hintereinander nachsitzen musst.«

»Ich bin in der 7. Klasse. Da gibt es noch keine Strafakte, die mich mein Leben lang begleitet.«

»So was merken sich die Leute. So ein Benehmen wird dich noch verfolgen.«

»Wer wird hier verfolgt?« Fröhlich kam mein Vater in die Küche marschiert.

Ich wurde verfolgt, und das hatte nichts mit Mr Winser zu tun. Aber das war nicht der richtige Moment, um von einem Geisterstier zu erzählen oder von einem unheimlichen Typen im Bademantel. Wenn sie der Liste meiner Verfehlungen nun auch noch »Wahnsinn« hinzufügten, würde der unangenehme Abend noch schlimmer werden.

»Dein Sohn musste nachsitzen, weil er seinem Lehrer Widerworte gegeben hat.« Mum hatte beim Sprechen ganz dünne Lippen.

»Eigentlich habe ich kein einziges Wort gesagt«, verbesserte ich.

»Und jetzt bist du zu uns schon genauso frech!«, rief Mom. »So ein Benehmen macht dich vielleicht in den Augen deiner Klasse und deiner Freunde zum Helden, aber zu einem Platz in einem anständigen College verhilft es dir nicht!«

»Was hat das denn jetzt mit dem College zu tun?«, schrie ich wütend zurück. »Ich will doch überhaupt nicht aufs College!«

Die beiden erstarrten und sahen mich so fassungslos an, als hätte ich ihnen soeben mitgeteilt, ich würde mir das Batman-Logo auf die Stirn tätowieren lassen.

»Ich kann nicht mehr mit dir reden.« Mom drehte sich um und wollte aus dem Zimmer stürmen. Dann machte sie noch einmal kehrt, stieß mit einem Finger in meine Richtung und sagte: »Du hast Hausarrest. Zwei Wochen.«

»Ich dachte, du kannst nicht mehr mit mir reden?«, sagte ich.

Wenn ich es mir heute so überlege, war das keine besonders geschickte Bemerkung. Mom schnappte ungläubig nach Luft. Ich auch. Ich war zu weit gegangen.

Sie funkelte meinen Dad an, als sei er an allem schuld, dann machte sie wieder kehrt und stampfte aus dem Zimmer. Dad und ich blieben zurück. Verlegenes Schweigen herrschte.

»Also ehrlich …«, sagte er schließlich entnervt.

»Tut mir leid. Es war blöd, so etwas zu sagen, aber sie hört sich nie an, was ich zu einer Sache zu sagen habe.«

»Dieser Spruch von wegen nicht-aufs-College-gehen war absolut unnötig«, sagte er.

»Ich weiß, ich verstehe das, aber warum geht es immer nur darum, was für meine Zukunft wichtig ist? Warum kann ich nicht einfach in der Gegenwart leben?«

Dad ging seufzend zum Kühlschrank, holte sich eine Flasche Zitronenlimo und schenkte sich ein Glas ein.

»Wir passen nur auf dich auf, Marcus. Du bist dreizehn. Bevor du dich versiehst, gehst du zur High School und danach, na ja, musst du nun mal wirklich aufs College gehen.«

»Mann, Dad, ich weiß. Das habt ihr mir von klein auf eingehämmert. Aber ich bin nicht du. Und nicht Mom. Vielleicht will ich ja alles anders machen.«

Dad sah eine ganze Weile starr auf sein Glas. Wahrscheinlich suchte er nach den richtigen Worten. Oder vielleicht dachte er auch nur darüber nach, dass er sich vielleicht doch besser eine Cola eingeschenkt hätte.

»Du weißt, wie lieb wir dich haben, oder?«, fragte er.

Das machte mich verlegen. Dad sagte sonst nie so kitschige Sätze zu mir.

»Schon«, sagte ich. Mir war allerdings nicht ganz klar, wie man die Menge an Liebe messen konnte.

»Dann versuchen wir doch alle, miteinander klarzukommen, ja?«

»Alles klar. Vielleicht könntest du damit anfangen, indem du meinen Hausarrest aufhebst?«

»Tut mir leid. Deine Mutter und ich halten immer zusammen.«

»Ich weiß. Ich wünschte nur, du würdest ein einziges Mal zu mir halten.«

Ich marschierte nach oben in mein Zimmer. Heute würde es für mich kein Abendessen geben. Mom war ja nur dazu gekommen, die Spaghettigabel in die Hand zu nehmen, mit der sie mich beinahe erschlagen hätte. Da musste ich mich wohl später noch mal nach unten schleichen und mir ein kleines Erdnussbutter-Sandwich machen.

Meine Eltern hatten mich gern. Das wusste ich. Mann, wenn sie mich nicht gewollt hätten, hätten sie mich gar nicht adoptiert. Aber manchmal fragte ich mich, was sie erwarteten. Wollten sie ihr Leben mit einem anderen menschlichen Wesen teilen? Oder mit einem Roboter, den sie verkleiden und in einen Klon von sich selbst verwandeln konnten?

Ich dachte oft darüber nach, wie meine biologischen Eltern wohl waren und ob ich ihnen ähnlich war. Es gab Zeiten, in denen ich mir nicht vorstellen konnte, andere Eltern zu haben. Zu anderen Zeiten stellte ich mir vor (ok, hoffte ich), ich hätte Eltern, die sich nicht so viele Gedanken über Einträge in meine Schülerakte machen würden … die vielleicht sogar stolz auf mich wären, weil ich mich gegen einen Tyrannen zur Wehr gesetzt hatte, auch wenn der Tyrann ein Lehrer war.

Meine Mutter war sauer. Das war nichts Neues, daran war ich gewöhnt. Aber an etwas anderes war ich nicht gewöhnt: an Halluzinationen. Das war neu. Was zur Hölle war in der Schule wirklich passiert?

Ich wünschte, ich hätte mit meinen Eltern darüber reden können. Die meisten Kinder hätten das wahrscheinlich gemacht. Aber ich wollte nicht, dass sie noch schlechter über mich dachten, als sie es sowieso schon taten. Wenn sie gemerkt hätten, dass ich nur noch einen Schritt von der Klapsmühle entfernt war, wären sie total zusammengebrochen.

Ich ging in mein Zimmer und setzte mich an meinen Schreibtisch. Wenn ich Hausarrest hatte, waren Fernseher und Computer tabu. Ich kannte die Regeln. Tatsächlich wünschte ich, ich hätte beim Nachsitzen nicht meine Hausaufgaben gemacht … dann hätte ich jetzt wenigstens noch etwas anderes zu tun gehabt, als nur dazusitzen, die Wände anzuglotzen und mir Sorgen zu machen, ob ich gerade dabei war, den Verstand zu verlieren. Ich nahm mein Erdkundebuch und zog den Zettel hervor, auf den ich den unheimlichen Schlüssel skizziert hatte.

»Gib den Schlüssel heraus!«, sagte ich laut. Das waren die Worte, die jemand aus Glasscherben gelegt hatte. Jedenfalls glaubte ich das.

Die Zeichnung des Schlüssels war ziemlich genau. Ich hatte ihn in Originalgröße gezeichnet. Der Griff bestand aus vier verzierten Kreisen, etwa wie ein vierblättriges Kleeblatt, und jedes der Blätter wies zahlreiche Gravuren auf. Diese Skizze war der einzige Nachweis für die Dinge, die ich an diesem Nachmittag gesehen hatte. Natürlich hätte ich genauso gut ein Bild von einem Yeti zeichnen können. Auch das hätte noch lange nicht bewiesen, dass Yetis existierten.

Ich heftete die Skizze an die Korkpinnwand über meinem Schreibtisch. Dort hing sie neben verschiedenen Eintrittskarten, Videospiel-Werbung und Fotos. Beinahe hatte ich mich damit abgefunden, dass ich nie eine Erklärung für das finden würde, was ich gesehen hatte. Es war ein Hirngespinst, ein unerklärbarer Vorfall, eine Erinnerung, die bald verblassen würde.

Und dann sah ich aus dem Fenster. Unten in unserem Hof stand der Mann im Bademantel und sah zu meinem Fenster hoch. Er hob langsam die Hand und bedeutete mir, ich solle nach draußen kommen.

Ich drehte mich vom Fenster weg und rannte durch mein Zimmer in den Flur. Mein Stampfen musste das ganze Haus erschüttert haben, denn meine Mutter steckte den Kopf aus ihrem Schlafzimmer, als ich vorbeikam.

»Was machst du denn?«, brüllte sie wütend.

Ich hatte keine Zeit, ihr das lange zu erklären. Ich wollte nicht riskieren, dass der Mann erneut verschwand. Ich donnerte die Treppen hinunter und rannte auf dem Weg zur Haustür beinahe meinen Vater über den Haufen.

»Hey!«, schnauzte er.

Keine Zeit. Ich riss die Tür auf und stürmte nach draußen. Der Hof war leer. Ich rannte zu der Stelle, an der der Mann eben noch gestanden hatte, und drehte mich im Kreis, aber er war verschwunden. Mum und Dad waren mir dicht auf den Fersen.

»Was in Gottes Namen?« Mum rannte auf mich zu.

»Was ist denn los, Marcus?«, fragte Dad.

Ich sah mich noch einmal verzweifelt um.

»Da war …«, stotterte ich, »da war ein Mann. Er stand hier draußen und sah zu meinem Fenster hoch.«

»Ein Mann?« Dad sah sich ratlos um.

»Was meinst du damit, ein Mann?«, fragte Mom.

»Ein Mann eben!«, schrie ich. »Im Schlafanzug!«

Mom warf Dad einen zweifelnden Blick zu. Mir war klar, was sie dachten. Ich dachte ja dasselbe: Es war niemand hier und kein Mensch konnte so schnell verschwinden.

»Was machst du denn, Marcus?«, fragte Mom. Ihr Tonfall war so ärgerlich, dass ich sofort auf 180 war.

»Was ich mache?«, konterte ich. »Du meinst also, ich erfinde das alles? Aber warum sollte ich das tun?«

»Ich weiß nicht«, sagte sie frustriert. »Es ist niemand hier.«

Ich hatte ihn gesehen. Er war echt. Aber es hatte keinen Sinn, meine Eltern davon zu überzeugen, denn ich würde sie nur davon überzeugen, dass ich verrückt war. Ich ging an ihnen vorbei wieder ins Haus.

»Und kein Fernsehen!«, rief Mom mir nach.

Das hätte sie nicht sagen müssen. Ich glaube, es machte ihr Spaß, Salz in meine Wunden zu streuen.

Ich wollte nur noch schlafen. Ich zog meinen Schlafanzug an und ging ins Bett, aber ich musste andauernd an den Mann denken, an den Stier, an die Tatsache, dass ich gerade verrückt wurde.

»Gib den Schlüssel heraus«, sagte ich laut.

Ich wollte viel mehr übergeben als nur diesen Geisterschlüssel. Die Erinnerung an den gesamten Tag hätte ich gerne mit abgegeben. Ich schloss die Augen und wälzte mich auf die andere Seite. Ich musste versuchen, mein Gehirn auszuschalten. Es dauerte gar nicht so lang, da hatte ich mich beruhigt und mein Körper entspannte sich. Ich war schon beinahe eingeschlafen. Nichts konnte mich mehr daran hindern, in den Zustand der Bewusstlosigkeit hinüberzugleiten … bis auf ein merkwürdiges, kratzendes Geräusch unter meinem Bett.

Kapitel 3

»Das klingt, na ja, ich weiß nicht, ziemlich verrückt«, sagte Lu zwischen zwei Bissen Thunfischsandwich. »Cool, aber verrückt.«

Theo, Lu und ich hatten unseren Stammplatz in einer Ecke der überfüllten Cafeteria, weit weg vom Mittagspausen-Chaos.

»Das sagst du so, als wüsste ich das nicht längst«, sagte ich.

»Alles klaro«, sagte Theo. »Wir müssen jetzt mal die Fakten untersuchen.«

Theo McLean, Faktenuntersucher. Wenn ich Theo nicht mögen würde, dann würde ich ihn als Streber bezeichnen, aber es ist nicht besonders cool, jemanden in eine Schublade zu stecken. Aber Mann, er war schon ein Streber. Er war intelligent. So intelligent, dass er immer nur glatte Einsen kassierte. Außer in Sport.

Wir waren wie drei Teile eines sehr merkwürdigen Puzzles. Auf der einen Seite der dunkelhäutige Theo, der so aussah, als würde er sich den ganzen Tag im Jachtclub herumtreiben, auf der anderen Lu, ein asiatisches Roller-Derby-Girl mit schwarzen Leggins, karierten Hemden und gewagtem Make-up, und dann noch ich, ein weißer Junge, der jeden Tag dieselbe Jeans und ein weißes T-Shirt trug, bis beides so steif vor Schmutz war, dass man alles in die Ecke stellen konnte. Wir sahen aus, als hätte man uns für eine Fernsehshow ausgesucht, in der Jugendliche unterschiedlichster Herkunft vertreten sein sollen. Eine höhere Punktzahl könnten wir nur erreichen, wenn wir noch einen Freund aus einer lateinamerikanischen Familie gehabt hätten. Oder einen aus Tonga.

»Was gibt es denn da zu untersuchen?«, fragte ich. »Ich habe Dinge gesehen, die gar nicht da waren.«

»Aber was war der Auslöser?« Theo knetete sein Ohrläppchen, wie immer, wenn er scharf nachdachte. »Du hattest Stress wegen der Geschichte mit Winser.«

»Ich hatte keinen Stress. Ich war im Siegestaumel.«

»Ja!« Lu zeigte mir ein High Five. »Das war irgendwie super.«

»Warum war es nur irgendwie super?«, fragte Theo irritiert. »Wenn es nur irgendwie super war, dann war es nicht richtig super, sondern nur ein bisschen.«

»Also du bist gerade nicht nur irgendwie nervig?«, fragte Lu. »Du bist richtig nervig?«

»Genau!«, erklärte Theo. »Moment mal – was war das?«

»Streber.«

»Können wir wieder auf mein Problem zurückkommen?«, fragte ich.

Aber Theo war in Hochform. »Ich halte gerade Leuten, die nicht so begabt sind wie ich, einen Vortrag, also muss ich langsam und deutlich sprechen. Es geht hier nicht nur um Winser. Du hast in letzter Zeit auch Probleme mit deinen Eltern.«

»Probleme? So nennst du das? Wir gehen uns 24 Stunden am Tag an die Gurgel.«

»Das würde ich schon als Problem bezeichnen.« Lu zwinkerte mir schelmisch zu.

»Der Verstand arbeitet auf merkwürdige Weise«, erklärte Theo. »Vielleicht suchst du Zuflucht in einer Fantasiewelt, von der du zwar weißt, dass sie nicht real ist, aber sie spendet dir trotzdem Trost.«

»Wie kann es mir Trost spenden, dass ich von einem tobenden Stier verfolgt werde?«

»Der Stier könnte für deine Mutter stehen.« Jetzt hatte Theo komplett in den Professorenmodus geschaltet. »Sie geht die ganze Zeit auf dich los. Und der Typ im Bademantel könnte dein Vater sein. Er ist zwar meist stumm, aber es klingt so, als würde er versuchen, mit dir Kontakt aufzunehmen. Er will dir vielleicht eine Botschaft überbringen oder so.«

Zehn Sekunden lang saßen Lu und ich nur da und starrten Theo an.

»Das ist ganz schön scharfsinnig«, sagte Lu schließlich. »Total bekloppt, aber scharfsinnig.«

»Das ist nicht bekloppt!«, blaffte Theo. »Ihr beide deutet an, dass hier etwas Übernatürliches vor sich geht, aber wir sind doch nicht in einem Horrorfilm. Im richtigen Leben gibt es für alles eine logische Erklärung.«

»Vielleicht ist die logische Erklärung ja, dass hier etwas Übernatürliches vor sich geht«, sagte Lu. Sie klang mit einem Mal ganz ernst.

»Das kann ich nicht akzeptieren«, konterte Theo ärgerlich.

»Mann, mach dich locker, Professor«, sagte Lu. »Wir versuchen ja nur, die Sache zu verstehen.«

Theo wirkte ziemlich verärgert. Mir war gar nicht klar, warum. Schließlich war er nicht derjenige, der diese merkwürdigen Sachen erlebte. Ich sprang auf, um der Diskussion ein Ende zu bereiten.

»Schluss! Ihr beide seid keine Hilfe.« Ich feuerte meine Pausenbrottüte in einen entfernten Mülleimer. Drei Punkte.

»Und was machst du jetzt?«, fragte Lu.

»Ich tu so, als wäre nichts gewesen.«

»Und wenn du wieder so etwas Merkwürdiges siehst?«, fragte Theo.

Ich zuckte mit den Schultern. »Ich weiß nicht. Vermutlich heißt das dann, dass ich irgendwie … verrückt bin. Oder richtig verrückt. Bis später.«

Das war gelogen. Ich konnte nicht so tun, als wäre nichts geschehen. Den ganzen Schultag verbrachte ich damit, ängstliche Blicke in Richtung Klassenzimmertür und Fenster zu werfen. Ich fürchtete, der Typ im Bademantel würde wieder auftauchen. Nur gut, dass keiner der Lehrer mich aufrief, denn ich hörte ihnen überhaupt nicht zu.

Als der Unterricht zu Ende war, meldete ich mich zum zweiten Nachsitzen. Man teilte mir mit, ich solle mich in den Computerraum begeben. Dort würde die Aufsicht auf mich warten. Und wer war es? Winser.

Super. Der hatte mir gerade noch gefehlt.

»Noch vier Tage, Mr O'Mara«, sagte er und durchbohrte mich mit seinem Blick. »Da hast du genügend Zeit, darüber nachzudenken, wie du deine feindselige Haltung ablegen kannst.«

Ich sagte kein Wort. Ich hatte Wichtigeres zu tun, als mir einen Schlagabtausch mit einem alten Tyrannen zu liefern, der hässliche Krawatten trug.

Der Computerraum war leer. Schon wieder war ich der Einzige, der nachsitzen musste. Wie war das möglich? Machte an dieser Schule sonst niemand Schwierigkeiten?

»Nutze deine Zeit sinnvoll«, sagte Winser. »Geh ins Internet und mach deine Hausaufgaben. Ich habe Besseres zu tun, als deinen Babysitter zu spielen.«

Mit diesen Worten marschierte er nach draußen und ich blieb allein zurück.

Ja! Eine Stunde Online-Zeit! Im Computerraum standen zwei lange Tischreihen. Auf jedem Tisch befand sich ein Laptop. Ich setzte mich an den Tisch, der genau in der Mitte stand, knackte mit den Fingerknöcheln und machte mich an die Arbeit. Zuerst rief ich ein paar Sportseiten auf. Von da aus wechselte ich zu YouTube, aber die Seite war blockiert. Auch die Spieleseiten. Und Instagram. Geblockt. Geblockt. Geblockt. Die Schule legte großen Wert darauf, dass alle interessanten

Internetseiten gesperrt waren. Dann hatte ich eine Eingebung. Es war wahrscheinlich vollkommen absurd, aber einen Versuch war es wert. Ich ging auf Google und tippte in die Suchmaske einen kurzen Satz ein: »Gib den Schlüssel heraus.«

Ich drückte Enter … und der Computerbildschirm wurde augenblicklich schwarz. Merkwürdig. Ich drückte noch ein paar Tasten, aber nichts funktionierte. Gerade wollte ich das Gerät ausschalten und es mit einem Neustart versuchen, da leuchtete der Bildschirm wieder auf, ebenso wie alle anderen Bildschirme. Auf jedem Monitor im Raum erschienen schnell nacheinander die unterschiedlichsten Bilder, als hätte eine Hochgeschwindigkeits-Suchmaschine die Arbeit aufgenommen. Internetseiten und Texte wirbelten vorbei. Und dann blieb ein Monitor nach dem anderen auf einer bestimmten Seite stehen. Mit dem Computer, der am weitesten von mir entfernt stand, ging es los, dann folgten die anderen. Jeder Computer verharrte bei derselben Suchseite von Google. Das erste Suchergebnis lautete: »Mann in West Side fällt vom Dach seines Wohnblocks – tot.«

Offensichtlich war ein armer Typ in New York von einem Gebäude gesprungen und ums Leben gekommen. Ich klickte die oberste Meldung an. Es war, als seien sämtliche Computer im Raum synchronisiert, denn sobald ich den Link angeklickt hatte, sprangen alle gleichzeitig auf dieselbe Webseite.

Es war die Seite einer Lokalzeitung. Die fett gedruckte Überschrift lautete: »Tödlicher Sturz«. Sie war einige Tage alt. Ich scrollte runter und las folgende Story:

Vergangenen Freitag, etwa um Mitternacht, fiel der New Yorker Feuerwehrmann Michael Swenor, 33, vom Dach des Wohnblocks, in dem er mit seiner Frau und seinem kleinen Sohn gewohnt hatte. Die Rettungssanitäter, die über den Notruf informiert worden waren, konnten nur noch seinen Tod feststellen. Der Vorfall wird untersucht, obwohl kein Verdacht auf Fremdverschulden besteht. Die Behörden schließen einen Selbstmord nicht aus.

Was für eine schreckliche Geschichte. Der Mann war auf üble Weise gestorben, und keiner wusste, warum. Ich scrollte weiter bis zu einem Bild des Opfers … ich hatte das Gefühl, mein Herz würde stehen bleiben. Ich rutschte mit meinem Stuhl weit zurück, als sei das Bild radioaktiv.

Auf dem Foto war der Mann im Bademantel zu sehen. Kein Zweifel. Es war die Schwarzweiß-Aufnahme eines Manns in Feuerwehruniform. Er sah mir direkt in die Augen, so wie gestern im Klassenzimmer. Und wie im Hof unseres Hauses.

»O'Mara!«, brüllte Winser, der gerade hereingekommen war.

Sofort wechselte das Bild auf meinem Monitor und wurde unscharf. Dasselbe geschah bei allen anderen Computern. Plop! Plop! Plop! Ich hatte nichts angerührt, aber ein Computer nach dem anderen verabschiedete sich. Die Bildschirme zeigten zuerst Zackenlinien, dann wurden sie schwarz.

»Warum spielst du hier mit allen Computern herum?«, knurrte Winser, der sich jetzt mit raschen Schritten näherte.

»Ich … ich habe nichts gemacht.« Hoffentlich knipste sich mein Gehirn jetzt nicht genauso aus wie eben die Computer. »Ich habe nur an dem hier gearbeitet.«

Winser versuchte, einen der anderen Computer hochzufahren, aber es passierte nichts. Er versuchte es bei einem anderen. Und noch bei einem dritten. Nichts.

»Sie sind alle abgestürzt!«, rief Winser mit wachsendem Zorn. »Was hast du angestellt?«

»Gar nichts!«, schrie ich. »Ehrlich nicht! Sie haben sich alle ganz von allein eingeschaltet!«

»Inakzeptabel«, erklärte Winser.

Jetzt steckte ich bis zum Hals in der Bredouille. Ich musste mich gegen Winsers Zorn wappnen und gegen den Zorn des Schulleiters. Ein heftiger Sturm würde losbrechen und mich garantiert bis nach Hause verfolgen. Aber das war alles nicht so wichtig. Ich konnte nur an eines denken: an das Gesicht des Manns aus der Zeitungsmeldung. Der Typ im Bademantel. Er war echt. Er hatte einen Namen. Michael Swenor. Und er war tot.

Kapitel 4

Winsers Zorn brach über mich herein. Ich glaube nicht einmal, dass die Computer ihn wirklich interessierten. Es ging nur darum, es mir heimzuzahlen, weil ich schuld daran war, dass er vor der Klasse so ein klägliches Bild abgegeben hatte. Er meldete den Computerabsturz der Schulleitung und die Schulleitung meldete es meinen Eltern und plötzlich wurde ich für einen Tag vom Unterricht ausgeschlossen. Ich kann nicht mal sagen, dass sie sich meine Version der Geschichte nicht anhörten. Das taten sie schon. Allerdings glaubten sie mir kein Wort. Ich hätte es mir ja auch nicht geglaubt, wenn ich es nicht mit eigenen Augen gesehen hätte.

»Was hast du zu deiner Rechtfertigung zu sagen?«, fragte Mom.

Meine Eltern saßen mir gegenüber nebeneinander auf dem Sofa. Mom wirkte nicht einmal wütend. Das war ein schlechtes Zeichen. Es bedeutete, sie war mehr als wütend.

Dad rieb sich ununterbrochen den Hinterkopf, als würde eine Gehirnmassage ihm dabei helfen, das Problem mit seinem kriminellen Sohn zu lösen.

»Ich sage die Wahrheit«, sagte ich ganz emotionslos. »Ich habe nur einen Computer benutzt, und dann sind alle anderen Computer einfach ausgerastet.«

»Es war also Zauberei«, sagte meine Mutter skeptisch.

»Vielleicht«, antwortete ich. »Ich weiß auch nicht, wie ich es erklären soll.«

Ich beschloss, ihnen nicht die ganze Wahrheit zu sagen. Wenn sie schon nicht glaubten, dass Computer sich selbst einschalten konnten, würden sie sicher auch nicht glauben, dass ich eine Botschaft aus dem Jenseits erhalten hatte – Botschaften vom Geist eines toten Feuerwehrmanns, der mir wiederholt erschienen war.

Aber ich hatte einen Plan. Ich wollte herausfinden, was wirklich vorgefallen war. Um den durchzuziehen, musste ich jetzt schweigend meine Strafe akzeptieren und mich nicht dagegen wehren.

»Was machen wir denn jetzt mit dir, Marcus?« Meine Mutter war vollkommen verzweifelt.

Am liebsten hätte ich sie angeschnauzt: »Machen? Ihr müsst überhaupt nichts machen!« Aber ich biss mir auf die Zunge. »Es ist schade, dass du mir nicht glaubst, Mom.« Ich versuchte, ganz ruhig und vernünftig zu sprechen. »Mir ist schon klar, dass es verrückt klingt. Ich finde es ja auch verrückt, aber es ist die Wahrheit. Es sieht so aus, als könnte ich euch keine Erklärung für das liefern, was passiert ist. Also werde ich morgen einfach meine Strafe annehmen und versuchen, die Sache mit Winser zu bereinigen. Ich meine Mr Winser.«

Die beiden starrten mich an. Dass ich mich nicht wehrte, verblüffte sie genauso wie der ganze Computerschlamassel.

»Ähm, das hören wir gerne, Marcus«, sagte Dad ein bisschen verunsichert. »Das ist ein Zeichen von Reife.«

Mom ließ ihren Blick zwischen uns beiden hin und her wandern. Sie war sich nicht sicher, ob sie mir den plötzlichen Rückzug abnehmen sollte, aber ich sagte genau das Richtige, deswegen konnte sie nichts dagegen einwenden.

»Mehr verlangen wir ja nicht«, sagte Dad.

»Wisst ihr, wenn ich mal einen Tag allein bin und darüber nachdenken kann, was passiert ist, ist das vielleicht genau die Therapie, die ich brauche«, sagte ich.

»Oh, komm schon«, sagte Mom spöttisch.

Nicht einmal Dad kaufte mir das ab.

»Trag nicht ganz so dick auf«, sagte er. »Wir einigen uns jetzt einfach darauf, dass wir nach vorne blicken und du einen Neuanfang machst, wenn du wieder zur Schule gehst.«

»Okay«, sagte ich. »Mach ich.«

Mom wollte noch mehr sagen. Sie war kurz davor gewesen, mir einen Vortrag darüber zu halten, wie enttäuschend ich mich entwickelt hatte. Aber da hatte ich eine komplette Kehrtwendung gemacht und versprochen, von nun an ein braver Junge zu sein. Damit hatte ich ihr den Wind aus den Wut-Segeln genommen.

»Und kein Fernsehen morgen«, befahl sie, nur um zu beweisen, dass sie immer noch das Kommando hatte. »Das ist kein Ferientag.«

»Ich verspreche, ich schalte den Fernseher nicht ein«, sagte ich. Das meinte ich ernst. »Ich werde nicht mal ins Internet gehen, außer für die Hausaufgaben.«

Mom war darauf eingestellt, mit mir zu streiten, denn so verliefen unsere Gespräche normalerweise. Sie machte den Mund auf, wollte eigentlich argumentieren, aber dann fiel ihr wohl auf, dass ich ihre Anordnung ohne Widerrede akzeptiert hatte. Also machte sie einen Rückzieher.

»Oh«, konnte sie nur sagen. »Gut.«

»Sehr schön! Ein gutes Gespräch!« Dad erhob sich. »Was gibt es zu essen?«

Er steuerte in Richtung Küche, sodass Mom und ich allein zurückblieben. Sie starrte mich schweigend an. Wie gerne hätte ihr die Wahrheit erzählt. Ich wünschte, ich hätte ihr sagen können, dass mysteriöse Dinge vorfielen und ich Angst hatte. Ich wollte, dass sie mir half. Aber in letzter Zeit konnte keiner von uns beiden dem anderen helfen.

»Ich werde es wirklich versuchen, Mom«, konnte ich nur sagen.

»Na, wir werden ja sehen«, sagte sie herablassend, dann stand sie auf und folgte Dad in die Küche.

Hätte sie geahnt, was ich am nächsten Tag wirklich vorhatte, wäre sie ausgerastet. Meine Eltern würden frühmorgens das Haus verlassen und zur Arbeit gehen. Mom arbeitete im Stony-Brook-Krankenhaus und Dad nahm den Pendlerzug nach New York City. Ich war selbst schon ein paarmal mit dem Pendlerzug gefahren, wenn Dad mich mit zur Arbeit genommen hatte oder wenn wir als Familie einen Ausflug in die Stadt machten. Ich kannte die Abläufe, aber ich war noch nie allein unterwegs gewesen. Das sollte sich jetzt ändern. Ich würde allein nach New York City fahren, um einem Geist nachzuforschen.

An diesem Abend konnte ich nicht einschlafen. Mein Verstand schlug sich mit jeder Menge unmöglicher Fragen herum. Gab es Gespenster? Wurde ich von einem Geist heimgesucht? Warum? Wer war dieser Michael Swenor? Und wenn er ein Geist war, warum ging er gerade mir auf die Nerven? Eigentlich war es ganz beruhigend, dass ich nicht komplett den Verstand verloren hatte. Die Person Michael Swenor gab es wirklich. Er war tot, aber er existierte. Ich musste herausfinden, warum er mich heimsuchte.

Am nächsten Morgen wartete ich, bis meine Eltern zur Arbeit gegangen waren, dann steckte ich mir eine Handvoll Kleingeld ein, das ich mit Rasenmähen verdient hatte, sprang auf mein Fahrrad und fuhr zum Bahnhof von Stony Brook, um den Zug ins Stadtzentrum von New York zu nehmen … wo Michael Swenor gelebt hatte und gestorben war.

Dad nahm jeden Morgen den Expresszug um 7.02 Uhr. Ich konnte es nicht riskieren, in denselben Zug zu steigen, also kaufte ich mir meine Tageskarte am Schalter und wartete auf den Zug um 7.19 Uhr. Der Oktobermorgen war frostig und ich hatte dummerweise nur meinen Kapuzenpulli an. Deswegen musste ich auf dem Bahnsteig auf und ab laufen, um meinen

Kreislauf in Schwung zu halten, was all die Pendler, die sich noch im Halbschlaf befanden, vermutlich ziemlich nervte. Tja, Pech. Ich fror zu sehr und war zu aufgedreht, um auf der Stelle zu stehen. Um ehrlich zu sein, hatte ich so etwas noch nie getan. Ich war ein wenig nervös. Also gut, ich war total nervös. So eine Zugfahrt ist ja kein Problem, solange die Eltern alle notwendigen Entscheidungen treffen und man nichts anderes tun muss, als ihnen auf den Fersen zu bleiben. Aber jetzt war ich auf mich selbst gestellt.

Die Zugfahrt selbst fühlte sich an wie eine Reise in einer Bibliothek. Alle Passagiere saßen still, gefangen in ihrer eigenen kleinen Welt. Fast alle lasen die New York Times oder konzentrierten sich auf ihre Smartphones und Tablets. Ich stöpselte meine Ohrhörer ein und ließ mich mit Musik berieseln, um nicht die Nerven zu verlieren.

Als der Zug sich der Stadt näherte, fiel mir eine alte Frau auf, die sich von den anderen Passagieren in ihren grauen Anzügen und Kostümen deutlich unterschied. Sie saß mehrere Reihen vor mir gegen die Fahrtrichtung, sodass ich sie eingehend betrachten konnte. Sie wirkte sehr alt, aber nicht gebrechlich. Sie trug eine schwarze Stola über einem dunkelgrünen Kleid, das ihr bis zu den Knöcheln reichte. Ihre grauen Haare waren zu einer altmodischen Frisur aufgetürmt, die einem Hornissennest ähnelte. Auf dem Schoß hielt sie ein altes, in Leder gebundenes Buch, das so aussah, als stamme es aus dem 19. Jahrhundert. Genau genommen sah die ganze Frau aus, als stamme sie aus dem

19. Jahrhundert. Sie las mit verkniffener Miene in ihrem Buch. Das Wort *säuerlich* kam mir in den Sinn. Ich stellte mir vor, dass meine Mutter in 50 Jahren genauso aussehen würde.

Ich konnte den Blick nicht von der Frau abwenden, vor allem, weil sie so völlig fehl am Platz wirkte. Ich fragte mich, was sie hier machte. Vielleicht war sie unterwegs ins Museum. Vielleicht arbeitete sie in einem Museum – als Ausstellungsstück. Ich starrte sie an, bis sie unvermittelt den Blick hob und mir direkt in die Augen sah.

Huch! Es war, als habe sie gespürt, dass ich sie beobachtete. Ich konnte meinen Blick nicht gleich abwenden und erstarrte. Sie sah mir in die Augen und lächelte. Es war aber kein nettes, großmütterliches Lächeln. Sie hatte das Gesicht zu einer Grimasse verzogen, die mir sagte: *Ich weiß schon, dass du mich angestarrt hast, Söhnchen.*

Ich sah schnell aus dem Fenster und wagte es bis zum Ende der Fahrt nicht, in ihre Richtung zu sehen, aus Angst, sie würde mich immer noch anstarren. Erst als der Zug in den Bahnhof einfuhr und alle Passagiere sich erhoben, warf ich verstohlen einen Blick in ihre Richtung. Zum Glück war sie verschwunden, aber das Erlebnis hinterließ bei mir ein mulmiges Gefühl.

Als ich ausgestiegen war, befand ich mich inmitten eines Menschenstroms, der sich in das Bahnhofsgebäude wälzte. Jeder außer mir schien genau zu wissen, wohin er wollte. Es war so, als sei man in den Stromschnellen eines reißenden Flusses gefangen. Jedes Mal, wenn ich kurz anhielt, um mich zu orientieren, mussten sich die Leute an mir vorbeidrängen, in der Regel mit verärgerter Miene, weil ich es gewagt hatte, sie aus dem Takt zu bringen. Zu dumm, dass ich eine Mission hatte.

Gestern Abend hatte ich Michael Swenors Adresse gegoogelt und festgestellt, dass er in Greenwich Village gewohnt hatte. Zu Fuß war es zu weit, und da ich nicht wusste, wie man ein Taxi anhielt, hatte ich mir eine Route mit der U-Bahn gesucht. Von der Haltestelle aus war es nur eine kurze Strecke zu Fuß bis zum Schauplatz des Verbrechens. Oder des Unfalls. Oder des Selbstmords …

Ich hatte die Hoffnung, dass jemand zu Hause war und mir etwas über Michael Swenor erzählen konnte … oder mir sagen konnte, warum mich sein Geist heimsuchte.

Auf der Straßenkarte, die ich mir ausgedruckt hatte, sah alles einfach aus. Aber eine Karte zu lesen, während man von Tausenden von Menschen angerempelt wurde, war eine andere Nummer. Doch davon durfte ich mich nicht beirren lassen. Das war meine Chance. Vielleicht meine einzige.

Ich eilte die Treppe, die zur U-Bahn führte, hinunter. Dabei hielt ich Ausschau nach einem Fahrkartenschalter. Hier herrschte totales Chaos. Ich knallte gegen Dutzende Leute und erntete viele böse Blicke. Schließlich entdeckte ich eine Reihe von Automaten, an denen die Leute Fahrkarten zogen. Ich ging hinüber, betrachtete ratlos die vielen Knöpfe und versuchte gerade, das System zu entschlüsseln, da kam jemand von hinten auf mich zu.

»Brauchst du vielleicht Hilfe?«, erkundigte sich eine freundliche Stimme.

Ich wandte mich um, um meine Retterin anzusehen, und schnappte nach Luft. Es war die alte Frau aus dem Zug.

Mein Mund stand vor Überraschung offen. Sie wirkte jetzt weniger streng als vorhin im Zug. Ich kann nicht behaupten, dass sie eine nette, alte Dame war, aber immerhin betrachtete sie mich jetzt nicht mit diesem eiskalten Blick.

»Diese albernen Automaten sind gar nicht so kompliziert wie sie aussehen«, sagte sie. »Wohin willst du noch mal fahren?«

»Ähm … 14. Straße«, murmelte ich wie betäubt.

»Aber natürlich«, erwiderte sie mit einem wissenden Lächeln, als hätte sie diese Antwort erwartet. Merkwürdig.

»Wähl einen Einzelfahrschein aus und wirf dein Geld ein. Kinderleicht.«

Ich nickte stumm, wandte mich dem Automaten zu und tat genau das. Eine Karte fiel in das dafür vorgesehene Fach am Automaten, gleichzeitig mit dem Wechselgeld, einer Ladung Dollarmünzen. Ich sammelte alles ein und drehte mich wieder der Frau zu.

»Danke«, sagte ich. »Mir war nicht klar, wie …«

Sie war weg. Ich sah mich nach ihr um, aber sie war bereits in der Menge untergetaucht.

»Bist du fertig?«, fragte ein Mann hinter mir ungeduldig.

»Ähm ja … klar. Entschuldigung, Sir«, sagte ich.

Ich gab den Automaten frei, ging mithilfe des Fahrscheins

durch das Drehkreuz und machte die Treppe ausfindig, die zu den Zügen führte. Auf dem Bahnsteig ging ich schnell bis zum Ende, wo keine anderen Leute standen. Ich wollte nie in einer Menge stehen, wenn ein Zug einfuhr. Ich hatte immer die Angst, ich könnte auf die Gleise geschubst werden. Ich weiß, das ist ein bisschen verrückt, aber was soll ich machen? Ich blieb hinter dem gelben Sicherheitsstreifen, der die Leute davor warnt, sich zu nah an die Bahnsteigkante zu stellen, und starrte in den dunklen Tunnel. Hoffentlich kam der Zug bald.

Ich wollte mein Ziel erreichen, alles in Erfahrung bringen und dann so schnell wie möglich nach Hause fahren, bevor Mom und Dad bemerkten, dass ich nicht in meinem Zimmer meinen Hausarrest absaß.

Einerseits befürchtete ich, dass dieses Abenteuer nur eine riskante Zeitverschwendung war. Ich suchte nach Antworten, kannte aber die Fragen nicht. Was, wenn ich Michael Swenors Frau begegnete? Was sollte ich sagen?

»Es ist merkwürdig, Mrs Swenor, aber der Geist Ihres Ehemanns ist hinter mir her. Wie geht's Ihnen denn sonst so?«

Allmählich bekam ich das Gefühl, als sei das alles eine blöde Idee. In der Tiefe des Tunnels leuchtete der Scheinwerfer des einfahrenden Zugs. Das war die letzte Etappe meiner Reise. Ich stand ganz am Ende des Bahnsteigs. Die ersten Wagen des Zuges fuhren ziemlich schnell an mir vorbei. Nervös wich ich einen Schritt zurück. Als ich geradeaus sah, entdeckte ich mein eigenes Spiegelbild in den Fenstern des ersten Waggons. Zwischen den Wagen verschwand das Bild einen Moment lang. Dann tauchte es in den Fenstern des folgenden Waggons wieder auf. Als die nächsten Fenster sich vor mir befanden, konnte ich wieder mein Spiegelbild sehen. Allerdings stand jetzt jemand direkt hinter mir. Es war die alte Frau. Ich erstarrte. Wo kam sie so plötzlich her?

»Gib den Schlüssel heraus«, flüsterte sie mir ins Ohr.

»Wa … was?«

Ich spürte einen Schubs von hinten. Oder vielleicht war es auch mein Fluchtinstinkt. Wie auch immer: Ich stolperte nach vorn direkt auf den fahrenden Zug zu. Als ich merkte, was passierte, machte ich einen Ausfallschritt, um mich abzufangen. Mein Fuß landete ein ganzes Stück hinter dem Sicherheitsstreifen, aber ich konnte mich stabilisieren. Mein Kopf war nur wenige Zentimeter von dem fahrenden Zug entfernt. Ich sprang aus der Gefahrenzone und drehte mich um, um der alten Frau ins Gesicht sehen zu können.

»Warum haben Sie das getan?«, schrie ich, aber sie war nicht mehr auf dem Bahnsteig. Und es gab nichts, wo sie sich hätte verstecken können.

Die Leute sahen mich an wie einen dieser Durchgeknallten, die in der Gegend herumlaufen und jemanden anschreien, der gar nicht da ist. Genau wie ich jetzt.

Mein Herz klopfte wie wild. Was war geschehen? War die alte Dame auch nur eine Halluzination? Aber Halluzinationen können niemanden schubsen. Aber hatte sie mich überhaupt geschubst? Oder hatte ich mich vor Überraschung vorwärtsbewegt?

Endlich hielt die U-Bahn und die Türen öffneten sich. Ich sprang hinein und ließ mich auf einen Sitz gegenüber der Tür fallen. Ich betete, dass die alte Frau nicht einsteigen würde. Einige Sekunden später erklangen die Pieptöne, die Türen schlossen sich und die U-Bahn fuhr an. Ich holte tief Luft und versuchte, mich zu beruhigen.

Gib den Schlüssel heraus.

Genau das hatte sie gesagt. Dieselben Worte, die die Glassplitter in der Schule gebildet hatten. Ich konnte mich nicht gegen den Gedanken wehren, dass es kein Zufall gewesen sein konnte, dass sie morgens im Pendlerzug saß, dann in der U-Bahn-Station auftauchte und dann auf dem Bahnsteig. Sie verfolgte mich.

Die U-Bahn beschleunigte. Auf dem Bahnsteig stand nur noch eine Person: Die alte Frau. Sie hielt die schwarze Stola vor ihrer Brust zusammen und starrte mich an.

Kapitel 5

Mithilfe meines Handys gelangte ich auf direktem Weg zu dem Backstein-Wohnblock, in dem Michael Swenor gewohnt hatte. Es war Glück, dass ich mich unterwegs nicht verirrte, denn auf dem ganzen Weg konnte ich an nichts anderes denken als an die verhärmte alte Frau, die versucht hatte, mich vor den fahrenden Zug zu stoßen.

Gib den Schlüssel heraus.

War sie auch ein Geist? So schnell wie sie auftauchte und wieder verschwand … Das war nicht normal. Oder menschlich.

Ich sah auf den Bürgersteig. Vielleicht stand ich genau an der Stelle, an der Michael Swenor auf dem Boden aufgeschlagen war? Die Vorstellung ließ mich schaudern, deswegen sprang ich schnell zur Seite und rannte die Treppe zur Haustür hinauf. Innen gab es einen Windfang mit einer weiteren Tür. Dahinter lag der Eingangsbereich. Diese zweite Tür war verschlossen. Ich überflog die Klingelschilder an der Wand. Auf jedem standen ein Name und die Nummer der Wohnung.

Swenor. Apartment 4B. Oberstes Stockwerk.

Ich zögerte. Was wenn Mrs Swenor zu Hause war? Was sollte ich zu ihr sagen? Sie war bestimmt nicht in der Stimmung, mit einem durchgeknallten Jungen über den Geist ihres Gatten zu reden. Ich machte sogar einen Schritt rückwärts und war kurz davor, davonzulaufen, aber dann zwang ich mich zu bleiben. Die Angst, nicht zu erfahren, warum ich von Geistern heimgesucht wurde, war größer als die Angst vor einer trauerenden Witwe. Ich drückte auf den Knopf neben ihrem Namen.

Fünf Sekunden verstrichen. Vielleicht war niemand zu Hause. Oder sie stand gerade unter der Dusche. Ich wollte nicht noch einmal klingeln, das wäre aufdringlich gewesen. Ich wartete noch ein paar weitere Sekunden und wollte schon gehen, aber dann knackte es in der Sprechanlage.

»Ja?«, fragte eine schwache Frauenstimme. Es klang, als sei sie eben erst aufgewacht.

Meine Kehle war zugeschnürt. Auch nicht weiter schlimm. Was sollte ich sagen?

»Ist da jemand?«, fragte sie.

»M… Mrs Swenor?«, murmelte ich schüchtern.

»Kann ich Ihnen helfen?«, fragte sie. Jetzt klang sie etwas wacher und ein wenig gereizt.

»Das hoffe ich«, sagte ich zaghaft. »Sie kennen mich nicht, aber …«

»Mit Journalisten rede ich nicht mehr«, sagte sie kurz angebunden. »Gehen Sie.«

»Ich bin kein Reporter«, sagte ich hastig, als griffe ich nach einer Rettungsleine, die gerade weggezogen wurde. »Ich heiße Marcus O'Mara. Ich wohne in …«

Ein scharfer Summton ließ mich zusammenzucken. Er kam von der Innentür. Ich brauchte eine Sekunde, um zu verstehen, dass sie mich hereinließ. Ich sprang in Richtung Tür, packte den Knauf und drückte die Tür auf. Jetzt gab es kein Zurück mehr. Ich ging direkt zum Aufzug und fuhr in der quietschenden alten Kiste in den vierten Stock. Apartment 4B lag am Ende eines langen, dunklen Flurs. Ich wollte gerade an die Tür klopfen, als sie sich langsam öffnete.

Meine Knie waren wie aus Gummi. Ich hatte eigentlich nicht damit gerechnet, dass ich es so weit schaffen würde. Ich war wie betäubt.

Mrs Swenor spähte durch den Türspalt. Sie war vermutlich jünger als meine Mutter, wirkte aber weit älter. Ihre Augen lagen tief in den Höhlen. Ich nehme an, wenn man um seinen toten Ehemann trauert, sieht man so aus. Sie trug einen grauen Jogginganzug mit dem Aufdruck der Universität von New York. Ihre Haare hatte sie zu einem Pferdeschwanz zusammengebunden.

»Mrs Swenor?«, fragte ich vorsichtig.

Als ihr Blick auf mich fiel, entspannte sich ihre Miene. Sie lächelte sogar.

»Ach, Liam!« Sie machte die Tür ganz auf. Dann trat sie auf mich zu und umarmte mich.

Keine Ahnung, was ich erwartet hatte, das aber bestimmt nicht. Ich kannte die Frau nicht und ich war ganz sicher auch nicht Liam. Sehr merkwürdig. Sie trat zurück, betrachtete mich mit etwas Abstand und weinte, aber es schienen Freudentränen zu sein.

»Komm rein.«

Sie zog mich in die Wohnung. Das fühlte sich merkwürdig an, aber ich war so verblüfft, dass ich ihr einfach folgte. Sie führte mich durch einen kurzen Flur ins Wohnzimmer einer gemütlichen Wohnung.

»Setz dich.« Sie führte mich zu einem großen, alten Sofa. »Ich möchte dich genauer ansehen.«

Die ganze Zeit ließ sie meine Hände nicht los und sah mir direkt ins Gesicht, während wir uns beide setzten.

»Ich glaube, Sie irren sich«, sagte ich. »Ich heiße gar nicht Liam.«

Sie lächelte freundlich. »Ich weiß. Marcus, nicht wahr?«

»Ja, und wir haben uns noch nie gesehen. Ich bin hier, weil …«

Ich stockte. Wie sollte ich diese verrückten Sätze aussprechen?

»Ist schon in Ordnung«, sagte sie sanft. »Erzähl es mir.«

»Das klingt aber verrückt.«

Mrs Swenor wurde ganz ernst. »Marcus, ich schwöre es dir: Nichts, was du sagen wirst, wird mich überraschen.«

Sie wischte sich über die Augen und lächelte wieder aufmunternd.

»Das mit Ihrem Mann … tut mir leid«, sagte ich. Bestimmt war das der beste Anfang.

»Danke. Weißt du denn etwas über ihn?«

Was ich sagen wollte, war: »Aber ja! Sein Geist verfolgt mich. Zählt das?« Aber das wäre unpassend gewesen.

»Nicht so richtig«, antwortete ich.

»Willst du etwas über ihn erfahren?«

»Aber ja«, sagte ich erleichtert.

»Michael war ein großartiger Mensch. Ein Feuerwehrmann. Der Mann, der immer als Erster in ein brennendes Gebäude läuft.« Sie seufzte traurig. »Ich habe mir immer Sorgen gemacht, dass ihm bei der Arbeit mal etwas Schreckliches zustoßen würde. Nie wäre ich auf die Idee gekommen, dass das Schreckliche hier zu Hause passieren würde.«

»Das tut mir leid.« Etwas Besseres fiel mir nicht ein.

Sie fasste sich wieder und fuhr fort: »Michael hatte auch ein Hobby. Ich glaube, so könnte man das nennen. Er beschäftigte sich mit übersinnlichen Ereignissen.«

Ich setzte mich gerade hin. »Wirklich?«

»Das lief überwiegend über den Computer. Es war nicht so, dass er in der Gegend herumfuhr und Spukhäuser untersuchte oder so. Er machte das alles von zu Hause aus. Häufig kam er ganz aufgeregt aus seinem Arbeitszimmer gestürzt, weil er ein Rätsel gelöst hatte – wie jemand gestorben war, warum es in einem Haus spukt und so weiter.« Ihre Stimme erstarb. Offenbar waren die Erinnerungen zu schmerzhaft. »Aber das ist lange her«, sagte sie schließlich. »Zwölf Jahre. Von einem Tag auf den anderen hörte er damit auf und erwähnte diese übersinnlichen Begebenheiten mit keinem Wort mehr.«

»Warum hat er damit aufgehört?«, fragte ich.

Auf ihrem Gesicht lag ein gequälter Ausdruck. Offensichtlich fiel ihr das, was sie jetzt sagen wollte, nicht leicht.

»Michael hatte einen Partner. Seinen besten Freund. Sie machten ihre Nachforschungen gemeinsam. Ich mochte ihn und seine Frau sehr. Wir waren alle gut befreundet.«

Jetzt konnte sie nicht mehr weitersprechen. Offensichtlich kämpfte sie gegen die traurigen Erinnerungen.

»Warum haben Sie mich vorhin Liam genannt?«, fragte ich, um sie auf andere Gedanken zu bringen.

Jetzt lächelte sie, als ob sie an schönere Zeiten dächte. »Weil du Liam bist.«

»Nein, das bin ich nicht.«

»Doch, bist du. Ich kannte dich schon als Baby.«

In meinem Kopf drehte sich alles. Hatte diese Frau den Verstand verloren?

Sie fügte hinzu. »Außerdem siehst du aus wie dein Vater.«

»Wa… was? Sie kennen meinen Vater?«, rief ich. Mein Herz klopfte wie wild.

»Ja, er war der Freund meines Manns, von dem ich dir gerade erzählt habe.«

Ich sprang auf die Füße.

»Das kann nicht sein!«, schrie ich. »Mein Vater ist doch kein … kein … Geisterjäger.«

»Ich rede nicht von Ed O'Mara«, sagte sie.

»Aber das ist mein Vater.«

»Weiß ich. Dein Adoptivvater. Ich rede von deinem biologischen Vater.«

Der Adrenalinstoß warf mich beinahe um.

»Sie haben meinen richtigen Vater gekannt?«

»Und deine Mutter auch. Sie waren unsere besten Freunde. Michael war völlig außer sich, als sie starben. Daraufhin hat er seine Nachforschungen komplett aufgegeben. Er hatte mit all dem abgeschlossen. Bis letzte Woche. Es ist etwas passiert, das ihm Angst machte, Marcus. Er sagte, es sei wieder da und es sei real.«

»Was war wieder da?«

»Das wollte er mir nicht sagen.«

Mir wurde schwindlig, ich musste mich setzen.

»Michael hat mehrfach erwähnt, dass er jemandem erzählen muss, was passiert ist«, sagte Mrs Swenor. »Einer ganz speziellen Person. Aber er kam nie dazu.«

»Und wer war das?«

»Er hat gesagt, er müsse es dir sagen, Marcus.«

Kapitel 6

»Jim und Joan Roxbury.« Mrs Swenor reichte mir ein Foto. »Das sind deine Eltern.«

Das Foto zeigte zwei lächelnde Menschen. Der Mann und die Frau standen Arm in Arm da. Und er machte hinter dem Kopf der Frau mit den Fingern Hasenohren. Aber das, was an diesem Bild so unglaublich war: Der Mann sah aus wie eine ältere Ausgabe von mir. Er hatte meine dunkle Haarfarbe und meine Augen. Die Frau war groß und ihr blondes Haar fiel ihr bis auf die Schultern. Beide waren sonnengebräunt und wirkten glücklich.

Das waren meine Eltern. Meine richtigen Eltern. Ich war erleichtert, aufgeregt, neugierig und mehr als nur ein kleines bisschen traurig.

»Mein richtiger Name ist also Liam Roxbury?«

»Nein, dein richtiger Name ist Marcus O'Mara. Den Namen Liam haben dir deine biologischen Eltern gegeben.«

»Ich wusste, dass sie tot sind, aber keiner hat mir erzählt, wie sie gestorben sind«, sagte ich. »Wissen Sie, was passiert ist?«

Sie nickte und holte tief Luft. Sie tat mir leid, weil ich von ihr verlangte, noch mehr schmerzhafte Erinnerungen wachzurufen, aber ich musste es einfach wissen.

»Sie waren mit ihrem Segelboot auf dem Atlantik unterwegs. Sie sind so gerne segeln gegangen. Dann kam ganz überraschend ein Sturm. Das Boot kenterte. Man nimmt an, dass sie ertrunken sind.«

»Man nimmt an?«, fragte ich.

»Ihre Leichen wurden nie gefunden.«

»Uff. Makaber.«

»Du warst erst ein Jahr alt. Michael und ich haben uns überlegt, dich zu adoptieren, waren aber einfach zu jung. Und Michael war völlig am Boden zerstört nach Jims Tod. Es war nicht der richtige Moment, um ein Baby in unser Leben zu holen.«

»Gab es keine Verwandten, die mich hätten aufnehmen können?«

»Nein. Du wurdest zur Adoption freigegeben und dann kamen die O'Maras ins Spiel. Aber ich habe dich nie aus den Augen verloren. Ich wollte sichergehen, dass du zu einer guten Familie kommst, und das hat auch geklappt.«

Ich starrte immer noch auf das Foto. Meine Sorgen wegen des Geisterspuks waren auf einmal nicht mehr so wichtig. Ich sah meine Eltern an. Meine richtigen Eltern.

»Also kenne ich dich zumindest ein bisschen«, sagte Mrs Swenor. »Und jetzt bist du dran. Warum bist du hier?«

Und schon wieder schlug alles über meinem Kopf zusammen.

Ich legte das Bild aus der Hand und holte tief Luft, um Zeit zu gewinnen und meine Gedanken zu sortieren.

Sie spürte wohl, dass es mir schwerfiel, denn sie sagte wieder: »Nichts, was du mir erzählst, kann mich wirklich überraschen.«

»Darauf würde ich keine Wette abschließen.«

Sie starrte mich an, wartete darauf, dass ich etwas sagte.

»Ich sehe Dinge«, fing ich an und verhedderte mich in meinen eigenen Gedanken, »ich sehe merkwürdige Dinge.«

Ihr Blick war fest, also ließ ich die ganze Geschichte aus mir heraussprudeln.

»Ich habe einen Stier und eine alte Frau gesehen. In einem Moment war alles kaputt und im nächsten wieder nicht. Ich weiß nicht, was real war und was nicht, weil es außer mir niemand gesehen hat.«

Ich warf ihr einen verstohlenen Blick zu. Bestimmt verdrehte sie gleich die Augen, griff nach dem Telefon und rief einen Krankenwagen, der den durchgedrehten Jungen abholen sollte. Sie tat es nicht.

»Und das ist jetzt der heftigste Teil«, sagte ich. »Ich habe Ihren Mann gesehen. Jedenfalls glaube ich, dass er es war. Oder sein Geist. Deswegen bin ich hier.«

Mrs Swenor zeigte keinerlei Gefühlsregung. Ich glaube, sie versuchte, diese verrückte Information zu verdauen.

»Hat er etwas gesagt?«, fragte sie mit zitternder Stimme.

Es war der einzige Hinweis darauf, dass ich zu ihr durchgedrungen war … und dass sie mich nicht für verrückt hielt.

»Nein. Er hat mir nur diesen altmodischen Schlüssel hingehalten und …«

Mrs Swenor schnappte erstaunt nach Luft und ließ sich so plötzlich gegen die Rückenlehne fallen, als hätte sie jemand geschubst.

»Bist du ganz sicher, dass es ein Schlüssel war?«, fragte sie mit bebender Stimme.

»Ja, klar. Ich habe versucht, ihn zu greifen, aber meine Hand ging durch ihn hindurch, als wäre er, na ja, ein Geist. Und die Botschaft lautete …«

»Gib den Schlüssel heraus«, sagte sie leise.

Jetzt ließ ich mich erstaunt gegen die Rückenlehne fallen.

»Woher wissen Sie das?«

Mrs Swenors Hände zitterten. Sie fuhr sich mit den Fingern nervös durch die Haare, als würde das Zittern dadurch verschwinden.

»Als sich Michael plötzlich so merkwürdig benahm, wollte ich ihn überreden, mir alles zu erzählen. Aber das Einzige, was er sagte, war, er müsse noch etwas erledigen, aber er fürchtete, es sei auch wieder ein Fehler.«

»Wieder ein Fehler? Hatte er denn schon mehr Fehler gemacht?«

»Ich weiß nicht. Er sagte nur, er müsse mich beschützen, und je weniger ich wüsste, desto besser.«

»Hat er gesagt, was er tun muss?«

»Ja. Vor zwölf Jahren direkt vor dem Segeltrip hat Jim meinem Mann etwas zur Verwahrung gegeben. Michael sollte darauf aufpassen, bis der richtige Moment kommen würde.«

»Was für ein Moment?«

Mrs Swenor sah mir direkt in die Augen und sagte: »Der Moment, ihn dir zu geben.«

Ich schnappte nach Luft, weil das so verblüffend war, dass ich kaum noch atmen konnte.

»Mein Vater hat Ihrem Mann vor zwölf Jahren etwas für mich gegeben?«

Mrs Swenor stand auf und streckte die Hand nach ihrer Handtasche aus, die neben dem Sofa auf dem Boden lag. Sie griff hinein und zog einen Schlüsselring hervor. Sie ließ die Schlüssel durch ihre Hand gleiten, bis sie einen bestimmten gefunden hatte. Er war klein und golden.

»Das ist er nicht«, sagte ich. Ich war richtig erleichtert.

Sie trat an einen Tisch neben dem Sofa. Der Tisch besaß eine Schublade und die Schublade hatte ein Schloss. Mrs Swenor steckte mit zitternden Händen den Schlüssel ins Schloss, drehte ihn um und zog die Schublade auf.

Mein Herz schlug so laut, dass ich fast fürchtete, sie könnte es hören.

Sie griff hinein und zog vorsichtig eine dünne Lederschnur hervor. Daran baumelte ein zehn Zentimeter langer Messingschlüssel.

Der Schlüssel.

»Dein Vater hat Michael gebeten, den Schlüssel dir zu geben, aber erst, wenn der richtige Moment gekommen sei. Ich glaube, jetzt ist dieser Moment.«

»Neeeeeeiiiiin!«

Ein lauter Schrei kam von der anderen Seite der Wohnung. Wir blickten beide verblüfft in Richtung Flur. Ein kleiner Junge stürzte auf uns zu. Noch bevor wir reagieren konnten, hatte er Mrs Swenor den Schlüssel entrissen.

»Du bekommst ihn nicht!«, brüllte er und rannte in die Richtung zurück, aus der er gekommen war.

»Alex!«, schrie Mrs Swenor.

Er rannte in ein Zimmer am Ende des Flurs und knallte die Tür zu.

»Das war alles sehr schlimm für ihn. Er war mit Michael auf dem Dach, als …«

»Ich hole ihn«, sagte ich und ging dem Jungen nach.

Es war ziemlich dreist von mir. Er war nicht mein Bruder und das hier war nicht mein Zuhause. Aber wenn mein richtiger Vater wünschte, dass ich den Schlüssel bekäme, dann würde ihn mir niemand vorenthalten.

Kapitel 7

Es war schon ein bisschen frech von mir, einfach durch den Flur einer fremden Wohnung zu rennen, aber ich zögerte keinen Moment.

»Hey, Alex?«, rief ich. »Alles okay. Komm, wir reden drüber.«

Ich stieß die Tür zu seinem Zimmer auf – nur um festzustellen, dass überhaupt nichts okay war. Das Fenster, das zur Feuerleiter führte, stand offen. Ich sah gerade noch einen von Alex' Sneakern. Er kletterte die Leiter hoch aufs Dach.

»Hey!«, rief ich und raste direkt zum Fenster.

Es erschien mir gefährlich, dass so ein kleines Kind auf der Feuerleiter herumturnte. Auch für mich war es gefährlich. Trotzdem kletterte ich aus dem Fenster und sah nach oben. Alex machte gerade einen Schritt vom Metallgerüst aufs Dach.

»Alex!«, rief ich, auch wenn ich nicht davon ausging, dass er anhalten und zurückkommen würde, nur weil ich seinen Namen rief.

Ich kletterte hinter ihm her. Auf halber Strecke hörte ich, wie unter mir das Fenster mit einem Rumms zufiel. Ich sah nach hinten und stellte fest, dass Mrs Swenor von innen wild daran zerrte und versuchte, es wieder zu öffnen. Aber aus irgendeinem Grund klemmte das Fenster fest. Ich war allein.

Schnell kletterte ich höher und versuchte, nicht daran zu denken, dass dies genau das Dach war, von dem Michael Swenor gefallen war. Als ich oben angekommen war, sah ich, dass Alex quer über das Dach auf die andere Seite rannte.

»Alex, bleib stehen!«, brüllte ich.

»Du bekommst ihn nicht!«, schrie er zurück.

Ich kletterte ebenfalls aufs Dach und ging ihm nach. Ich wollte bei dem Jungen keine Panik auslösen und war nur hier oben, um auf ihn aufzupassen.

Ach so ja, und er hatte den Schlüssel.

Als ich über die Dachpappe ging, frischte der Wind auf. Eine schwarze Wand aus Sturmwolken kroch von Westen heran. Nichts Gewaltiges. Wir würden uns gar nicht so lange hier oben aufhalten, dass uns der Regen erwischen konnte.

Alex hatte das andere Ende des Dachs erreicht und wandte sich zu mir um. Tränen rannen ihm übers Gesicht.

»Ist schon gut.« Ich versuchte, ruhig zu sprechen. »Ich heiße Marcus. Dein Vater hat meinen Vater gekannt und …«

»Ich weiß, wer du bist«, schluchzte Alex. »Ich gebe dir den Schlüssel nicht.«

Er umklammerte den Schlüssel mit einer Hand und verschränkte die Arme.

Der Wind wurde stärker. Die Wolkenwand zog näher heran.

Schnell. Sehr schnell. Plötzlich lag das Dach im Dunkeln. Ich warf einen Blick über die Schulter und sah eine zweite dunkle Wolkenwand, die genau aus entgegengesetzter Richtung heranzog. Wie? Zwei dunkle Sturmfronten rasten aufeinander zu.

»Das mit deinem Vater tut mir leid, Alex«, sagte ich »Ich habe gehört, er war ein richtig guter Typ.«

Der Junge weinte noch heftiger.

»Er ist mir hier rauf nachgeklettert, weil er mich retten wollte!«, rief Alex.

»Erzähl mir, was passiert ist.«

»Ein Hund war unter meinem Bett. Er hat mich hierhergejagt, hierher an die Dachkante. Genau hier war es. Ich habe eine Leiter gesehen, aber als ich draufsteigen wollte, war sie nicht mehr da. Es war nur ein … ein …«

»Ein Trugbild«, ergänzte ich. Mir wurde immer mulmiger. Aus allen möglichen Gründen gefiel mir das, was hier ablief, überhaupt nicht.

Alex nickte. Was er berichtete, waren lauter unmögliche Dinge, von denen ich wusste, dass sie durchaus möglich waren.

»Und dann war da eine Frau«, schluchzte er. »Sie hat versucht, mich runterzuschubsen.«

Ich hielt den Atem an.

»Eine Frau?«, fragte ich fassungslos. »Was für eine Frau denn?«

»Eine alte Frau«, sagte er. »Mit langen grauen Haaren.«

Es fühlte sich an wie ein Schlag in die Magengrube.

»In einem grünen Kleid?«, fragte ich.

Alex nickte. »Keiner glaubt es mir.«

»Ich wusste nicht, ob ich weinen, schreien oder mich übergeben sollte! Der Tod von Michael Swenor war kein Unfall gewesen. Und auch kein Selbstmord. Sie war es gewesen!

»Ich glaube dir«, murmelte ich.

»Sie ist ganz böse.«

»Ja, das weiß ich.«

»Mein Daddy hat mich gerettet.« Alex konnte vor Schluchzen kaum sprechen. »Aber dann ist der Hund wiedergekommen und hat ihn über den Rand gestoßen.«

Der heftige Wind frischte weiter auf und begann zu heulen. Ich musste mich breitbeinig hinstellen, sonst wäre ich vom Dach geweht worden. Alex kauerte sich nieder und drängte sich schutzsuchend gegen die niedrige Sicherheitswand.

»Dieser Schlüssel hat meinem Vater gehört«, sagte ich. »Dein Dad wollte, dass ich ihn bekomme.«

»Nein!«, schrie Alex. »Er hat *meinem* Vater gehört.«

Ein Blitz zuckte durch die Wolken, rumpelnder Donner folgte. Die beiden Sturmfronten waren aufeinandergeprallt und verdeckten das letzte bisschen blauen Himmel. Die dichte, schwarze Wolken-Kuppel hatte den Tag zur Nacht gemacht.

Ich kniete wenige Meter vor Alex nieder.

»Komm, wir gehen runter und reden darüber.«

Ich gab mir Mühe, ruhig zu klingen, aber das war gar nicht so einfach, weil ich schreien musste, um mich über das Heulen des Windes hinweg verständlich zu machen.

»Nein!«, schrie er. »Ich behalte ihn für immer und ...«

Dann entdeckte er etwas hinter mir und riss entsetzt die Augen auf.

»Nein, nicht noch mal«, sagte er so leise, dass ich ihn kaum hörte.

Ich drehte mich um, weil ich wissen wollte, was er sah.

Eine Frau stand auf der anderen Seite des Dachs. Nicht Mrs Swenor, sondern die alte Frau. Das lange grüne Kleid und der schwarze Schal der Frau flatterten im Wind. Ihre grauen Haare waren nicht mehr auf ihrem Kopf aufgetürmt. Lange, wirre Strähnen wehten um ihren Kopf, die an graue, lodernde Flammen erinnerten. Mir gefror das Blut in den Adern.

»Ist sie das?«, schrie ich Alex zu.

Alex gelang ein Nicken. Ich wandte mich der Frau zu.

»Wer sind Sie?«, schrie ich. »Was wollen Sie?«

Sie bewegte sich nicht. Zum Glück. Wenn sie einen Schritt näher gekommen wäre, wäre ich wahrscheinlich ohnmächtig geworden.

»Sie will den Schlüssel!«, rief Alex mir zu. »Aber sie bekommt ihn nicht.«

»Haben Sie gehört?«, rief ich ihr zu. »Sie bekommen den Schlüssel nicht.«

Ein blendender Blitz zerriss den Himmel, gefolgt von einem gewaltigen Donnerschlag. Es war, als hätte mein Ausruf die Götter verärgert. Wir konnten nicht für immer auf diesem Dach bleiben, aber der einzige Weg nach unten führte an dieser alten Kröte vorbei. Es war noch nicht entschieden. Wir warteten beide darauf, dass der andere den ersten Schritt machte.

Hinter der alten Frau, am Rande der Sicherheitsmauer bewegte sich etwas.

»Was ist das denn?«, fragte Alex ängstlich.

Es sah aus wie zäher, geschmolzener Teer. Er schwappte über den Rand der Sicherheitsmauer, glitt daran herab und erreichte die Oberfläche des Dachs. Von dort aus bewegte er sich weiter. Es wurde immer mehr. Der Teer erstreckte sich mehrere Meter breit über die Dachfläche hinter der alten Frau, floss immer weiter auf uns zu. Als der Strom die Frau erreichte, teilte er sich, floss um sie herum, als wüsste er, dass sie da stand. Vor ihr strömte er wieder zusammen. Die alte Frau stand auf einer sauberen, trockenen Insel. Entweder hatte dieser widerliche Teerklecks einen eigenen Willen oder sie konnte ihn steuern.

Alex krabbelte zu mir und klammerte sich Schutz suchend an mir fest. Ich wünschte mir auch jemanden, an den ich mich hätte festklammern können.

»Ich habe Angst«, sagte er.

Da waren wir schon zwei! Die schwarze Teer-Pfütze bedeckte jetzt bereits die halbe Dachfläche und kroch immer näher auf uns zu. Ich wandte den Kopf und sah nach unten über die Dachkante. Gab es denn keinen Fluchtweg? Jetzt bemerkte ich, dass an dieser Wand des Gebäudes eine Metallleiter angebracht war.

»Da ist eine Leiter«, sagte ich zu Alex. »Ich klettere zuerst runter. Du kommst direkt hinter mir her!«

»Nein!«, schrie er. »Die gibt es nicht wirklich.«

In meiner wachsenden Panik hatte ich die Sache mit den Trugbildern ganz vergessen. Die alte Frau lächelte mir zu, als wüsste sie, dass ich beinahe in die Tiefe gestürzt wäre. Sie hob eine Hand und streckte sie mir mit der Handfläche nach oben entgegen. Diese Geste konnte nur eins bedeuten.

Gib den Schlüssel heraus.

Der Wind heulte, der schwarze Teer-Schlamm kroch näher. Aus was bestand er? Würde er uns verbrennen? War er ein schwarzes Loch, das uns in einen Abgrund reißen würde? Oder würde er sich mit unseren Füßen verkleben und uns über die Dachkante ziehen?

»Vielleicht sollten wir ihr den Schlüssel geben.« Alex zitterte.

Der Donner rumpelte, ein Blitz zuckte zwischen den Wolken. Die Alte stand unerschütterlich da und streckte ihre Hand aus. Der Schlamm war nur noch wenige Meter von uns entfernt und kroch mit jeder Sekunde näher heran.

Ich sah mich noch einmal nach der Leiter um. Sie war verschwunden. Sie war nie da gewesen. Sie war tatsächlich nur ein Trugbild gewesen. Als mir das bewusst wurde, hatte ich eine Idee.

»Ich glaube, uns kann nichts passieren!«, rief ich Alex zu. »Nichts von alledem ist echt.«

»Bist du dir sicher?«, fragte er zögernd.

Nein, war ich nicht. Aber einen anderen Plan hatte ich nicht. Ich stellte mich aufrecht hin und rief der alten Frau zu: »Sie bekommen den Schlüssel auf keinen Fall!«

Das war ein ungeheures Risiko. Wahrscheinlich hätten wir uns retten können, wenn wir ihr den Schlüssel gegeben hätten. Aber mussten wir uns denn überhaupt retten?

»Hier«, sagte Alex.

Er hielt mir den Schlüssel hin, der an der Lederschnur baumelte, genauso wie an dem Tag, an dem sein Vater ihn mir hingehalten hatte. Sein Vater, der Geist.

»Ich gebe ihn lieber dir als ihr«, fügte Alex hinzu.

Ein gezackter Blitz fuhr über den Himmel und kurz danach krachte ein markerschütternder Donnerschlag. Ich sah auf die alte Frau und bemerkte, dass sich ihr Ausdruck verändert hatte. Sie sah wütend aus.

Der schwarze Schlamm war jetzt schon dicht vor uns. Ein übler Gestank nach verfaulten Eiern stieg davon auf und kroch in meinen Hals, sodass ich würgen musste. Der Sturm wurde immer stärker. Wenn er sich noch weiter steigerte, würden wir uns um die schwarze Brühe keine Gedanken mehr machen müssen. Wir würden einfach vom Dach geweht werden.

Alex hielt die Lederschnur mit seiner kleinen Hand fest umklammert. Der Wind erfasste den Schlüssel am anderen Ende und spannte die Schnur parallel zum Dach. Ich warf der alten Frau noch einen letzten Blick zu.

»Vergessen Sie's«, sagte ich trotzig. »Der Schlüssel hat meinem Vater gehört.«

Ich streckte die Hand aus und schnappte mir den Schlüssel. »Jetzt gehört er mir.«

Er lag warm in meiner Hand, als sei er genau da, wo er hingehörte. Die alte Frau war anderer Meinung. Sie warf den Kopf in den Nacken und stieß einen unheimlichen Schrei aus, der wie eine Mischung aus Schmerz und Wut klang und das ganze Dach erbeben ließ.

»Sieh mal!«, rief Alex und zeigte in den Himmel.

Die Wolkendecke riss auf, ein Sonnenstrahl brach hindurch. Der Wind legte sich sofort. Das kreischende Heulen verstummte. Die Dachfläche wurde mit einem Mal von oben in warmes, goldenes Licht getaucht. Und der schwarze Schlamm war verschwunden. Ebenso die alte Frau.

»Alex!«, rief Mrs Swenor, die in diesem Moment aufs Dach kletterte.

Alex rannte seiner Mutter entgegen. Sie fiel auf die Knie, als er auf sie zu stürmte. Die beiden drückten einander, als würden sie sich nie mehr loslassen.

»Ich habe das Fenster nicht aufgekriegt!«, rief sie unter Tränen. »Was hast du dir gedacht? Warum bist du hier heraufgeklettert?«

»Ich habe an Daddy gedacht«, sagte Alex selbstsicher. »Das hier ist der Ort, an dem ich zum letzten Mal mit ihm zusammen war. Ich dachte, vielleicht sagt er mir, was ich machen soll.«

»Du kletterst bitte nie, nie wieder hier herauf! Hast du verstanden?«, schimpfte sie.

»Muss ich ja auch nicht«, sagte Alex. »Ich habe Marcus den Schlüssel gegeben. Ich glaube, da gehört er hin.«

Die beiden sahen zu mir auf. Der Schlüssel lag schwer in meiner Hand.

»Ich weiß nicht, was für ein Schlüssel das ist«, sagte Mrs Swenor. »Oder warum er so wichtig ist. Aber dein Vater hat Michael gebeten, ihn dir zu geben. Deswegen gehört er jetzt dir.«

»Danke«, brachte ich nur heraus.

»Versprich mir eins«, bat sie.

»Was denn?«

»Sei bitte sehr, sehr vorsichtig.«

Kapitel 8

Auf dem Rückweg wandte ich immer wieder den Kopf, nur für den Fall, dass die alte Frau sich anschlich. Im U-Bahnhof drückte ich meinen Rücken gegen die Wand, weil ich fürchtete, sie könne mich aus dem Hinterhalt anspringen und auf die Gleise schubsen. Im Zug nach Connecticut hielt ich den Blick auf meine Füße gesenkt, weil ich Angst hatte, ich würde ihr Spiegelbild in einem der Fenster entdecken.

Wer war sie? Was war sie? Eine Hexe? Ein Geist? Warum wollte sie unbedingt diesen Schlüssel? Es war doch nur ein Schlüssel. Die entscheidende Frage war jedoch: Was ließ sich mit diesem Schlüssel öffnen?

Die ganze Sache hatte etwas Gutes: Ich wusste jetzt, wer meine richtigen Eltern waren. Jim und Joan Roxbury, die bei einem Segelbootunfall umgekommen waren, als ich ein Jahr alt war.

Ach ja, und das Hobby meines richtigen Vaters war die Beschäftigung mit dem Übersinnlichen gewesen. Das sollte man ja nicht vergessen. So sehr ich mich auch für meine biologischen Eltern interessierte und hoffte, ihnen ähnlich zu sein, hatte ich mir doch in meinen wildesten Träumen nicht vorgestellt, dass mein Vater ein Geisterjäger gewesen war, der noch aus dem Grab mit mir Kontakt aufnehmen würde.

Als ich vom Bahnhof Stony Brooks nach Hause radelte, traf ich eine Entscheidung. Ich musste meinen Eltern erzählen, was los war. Vielleicht würden sie mich für verrückt halten, aber dieses Risiko nahm ich auf mich. Ich brauchte dringend jemanden, der mich unterstützte, und nichts war so naheliegend, wie meine Eltern um Hilfe zu bitten.

Gegen vier Uhr bog ich in unsere Straße ein, also eine Stunde, bevor Mom normalerweise von der Arbeit kam … außer heute. In unserer Einfahrt vor der Garage entdeckte ich ihren Wagen. Oh-oh.

Sie stieg gerade aus dem Auto. Dann fiel ihr Blick auf mich. Ihre Miene verfinsterte sich sofort. Einen Moment lang standen wir beide da wie eingefroren. Jeder von uns wartete darauf, dass der andere sich zuerst rührte.

»Also wirklich?«, knurrte sie mit zusammengebissenen Zähnen.

Mir war klar, dass sie wegen des Unterrichtsausschlusses noch wütend war, aber jetzt hatte sie bemerkt, dass ich abgehauen war, anstatt den Tag in Fußfesseln zu Hause zu verbringen. Das würde nicht gut laufen. Ich musste aufpassen, was ich sagte. Wie viel wusste sie wirklich? Ich wollte sie nicht belügen, aber wenn ich ihr erzählte, dass ich in Manhattan gewesen war, bevor sie die ganze Geschichte kannte, würde sie mir nie wieder vertrauen.

Ich zuckte mit den Achseln, als wäre nichts Besonderes los, und sagte: »Ich bin nicht davon ausgegangen, dass der Hausarrest den ganzen Tag gilt.«

»Warum, Marcus?«, fragte sie.

»Warum was?«

»Warum tust du immer genau das Gegenteil von dem, was ich sage?«

»Tu ich doch gar nicht«, widersprach ich nicht besonders energisch und beließ es dabei.

»Doch, das tust du«, sagte sie frustriert. »Was soll das? Macht es dir Spaß, uns nicht zu gehorchen? Findest du unsere Streitereien gut? Gibt es in deinem Kopf einen Schalter, der sich jedes Mal umlegt, wenn wir dich um etwas bitten, sodass du dann genau das Gegenteil machst? Macht es dir Freude, mich auf die Palme zu bringen? Bitte erklär es mir, ich möchte es verstehen.«

»Im Ernst, Mom? Du denkst wirklich, ich mache alles nur, damit du dich ärgerst?«

»Ich habe keine Ahnung, warum du das tust, was du tust«, sagte sie vollkommen ratlos.

Dabei hätte ich es belassen sollen. Ja, es stimmte, sie hatte mich dabei ertappt, dass ich etwas Falsches getan hatte. Aber ihr Ärger bezog sich nicht nur auf heute. Er hatte sich über längere Zeit angestaut, und ich hatte das Gefühl, mich verteidigen zu müssen.

»Naja, vielleicht bin ich einfach nicht die Sorte Kind, die ihr haben wolltet.«

Ich ging davon aus, dass Schuldgefühle sie zum Rückzug bewegen würden. Aber dem war nicht so.

»Ja, vielleicht bist du das nicht«, sagte sie.

Diese Worte trafen mich wie ein Schlag in die Magengrube. Dem entsetzten Ausdruck auf ihrem Gesicht nach zu urteilen, war sie genauso überrascht über ihre eigenen Worte wie ich. Aber Schock hin oder her, sie hatte sie ausgesprochen.

»Das habe ich mir schon gedacht«, sagte ich. Ich ließ mein Fahrrad an Ort und Stelle fallen und drängte an ihr vorbei in Richtung Haustür.

»Marcus, komm zurück!«, rief sie mir nach.

Aber ich stürmte ins Haus und die Treppe hoch. Gern hätte ich meine Zimmertür zugeknallt, aber damit hätte ich nur Öl ins Feuer gegossen. Innerhalb weniger Minuten war mein Plan, meine Eltern in alles, was ich gerade durchmachte, einzuweihen, hinfällig geworden. Meine schlimmste Befürchtung hatte sich bestätigt. Endlich gab sie es zu. Ich war eine einzige Enttäuschung für sie.

Ich zog mein Handy hervor und war kurz davor, Lu oder Theo anzurufen und ihnen alles zu erzählen, aber dann warf ich das Telefon aufs Bett. So ein Gespräch musste man persönlich führen. Ich setzte mich aufs Bett und wusste nicht, was ich als Nächstes tun sollte. Mein Bein wippte, ich war total angespannt.

Ich griff in die Bauchtasche meines Kapuzenpullovers und nahm den Schlüssel in die Hand, wartete aber ein paar Sekunden, bevor ich ihn herauszog. Ich musste mir den Schlüssel näher ansehen. Vielleicht verriet er mir mehr über meinen Vater und meine Mutter. Meine richtigen Eltern.

Ich öffnete meine Finger und betrachtete das Metallobjekt, das auf meiner Handfläche lag. Es war aus vom Gebrauch dunkel angelaufenem Messing. Ich glaube, das Wort, mit dem man den Schlüssel beschreiben konnte, war *ausgefallen*. Und altmodisch. Na gut, das sind zwei Wörter. Der Teil des Schlüssels, der ins Schloss eingeführt wurde, war sehr aufwändig gearbeitet – er hatte diverse Spitzen und Kanten. Dieser Schlüssel passte nur in ein ganz bestimmtes Schloss – aber in welches? Auf jeden Fall musste es sehr alt sein, etwa das Schloss eines alten Burgtors oder einer großen Piratenschatzkiste. Der Schlüssel sah nicht so aus, als würde er zu einem Schlüsselloch passen, das in diesem Jahrhundert hergestellt war. Oder im letzten.

Dieser Schlüssel war einerseits ein Gebrauchsgegenstand, andererseits auch ein Kunstobjekt. In den Schaft war ein Wellenmuster eingraviert. Die Blätter des vierblättrigen Kleeblatts, aus dem der Griff bestand, hatten winzige Wölbungen und Kerben wie die Adern von echten Blättern. Es klingt komisch, wenn man so etwas wie einen Schlüssel als wunderschön beschreibt, aber der hier war wirklich wunderschön. Ich konnte ihn mir in der Vitrine eines Museums auf einem Samtkissen vorstellen.

Unglücklicherweise hatte ich nicht die leiseste Ahnung, was man mit ihm aufschließen konnte oder warum mein richtiger Vater ihn mir unbedingt hatte geben wollen. Was auch immer der Grund war, es war der einzige für mich fassbare Beweis dafür, dass meine biologischen Eltern existiert hatten. Ich trat an meinen Schreibtisch und wollte ihn in eine Schublade legen – Mom und Dad sollten ihn nicht finden. Vermutlich würden sie denken, ich hätte ihn gestohlen. Gerade als ich ihn aus der Hand legen wollte, beschlich mich ein merkwürdiges Gefühl.

Der Schlüssel war warm geworden … so sehr wie ihn meine Hand niemals hätte erwärmen können. Als dasselbe in New York auf dem Dach passiert war, hatte ich gedacht, meine Fantasie würde mit mir durchgehen … kein Wunder bei dem ganzen Chaos um mich herum. Aber nun in der Geborgenheit meines Zimmers fühlte es sich wieder so an. Ich hatte das merkwürdige Gefühl, dass der Schlüssel lebendig war.

Für den Fall, dass er heiß genug würde, mir die Hand zu verbrennen, ließ ich ihn auf den Tisch fallen. Nach einigen Sekunden wagte ich es, ihn wieder zu berühren. Er war nicht mehr heiß, nicht einmal warm. Merkwürdig! Das musste ich jemandem erzählen, auch wenn die einzige greifbare Person momentan meine Mutter war. Wenigstens konnte sie Zeugin sein.

Ich nahm den Schlüssel und ging in Richtung Tür … Der Schlüssel erwärmte sich wieder. Das konnte kein Irrtum sein. Ich wich einige Schritte von der Tür zurück und der Schlüssel kühlte wieder ab. Wie? Ich ging einen Schritt auf die Tür zu und der Schlüssel erhitzte sich wieder. Ich ging rückwärts und er kühlte ab.

»Was ist das denn jetzt?«, fragte ich mich laut.

Ich machte noch ein paar Versuche. Immer wenn ich den Schlüssel in Richtung Tür hielt, erwärmte er sich. Wenn ich ihn wegzog, kühlte er ab. Das war keine Einbildung, sondern ein handfester Beweis dafür, dass hier etwas Seltsames vor sich ging.

Vorsichtig ging ich mit dem Schlüssel auf die Tür zu, weil ich herausfinden wollte, wie heiß er werden würde. Wenige Zentimeter vor der Tür geschah etwas noch Merkwürdigeres. Ein schwarzer Fleck erschien auf dem Türblatt, direkt unterhalb des Knaufs. Es sah aus, als würde das Holz brennen. Aber der Schlüssel war nicht heiß genug, um etwas zu verbrennen. Ich zog ihn schnell weg und der Fleck verschwand.

Behutsam näherte ich mich mit dem Schlüssel der Tür erneut. Der »Brandfleck« erschien wieder. Der Punkt dehnte sich weiter aus, bis ein kreisrunder Fleck mit einem Durchmesser von etwa drei Zentimetern entstanden war. Ich bewegte den Schlüssel noch näher an die Tür, bis er das Zentrum des Kreises beinahe berührte. Der »Brandfleck« veränderte sich immer noch. Es sah so aus, als sei das Holz geschmolzen. Aber Holz schmilzt nicht einfach weg. Holz brennt. Oder etwa nicht? Aber dieses Holz brannte nicht. Der schwarze Kreis schien sich zu verflüssigen und veränderte sich, bis ein Loch entstanden war. Ein Schlüsselloch.

Die Brandstelle hatte sich in ein perfektes Schlüsselloch verwandelt, umgeben von einem aufwändig verzierten, kreisrunden Messingbeschlag. Überrascht zog ich den Schlüssel weg. Das Schlüsselloch und die runde Messingplatte verschwanden.

»O Mann«, keuchte ich.

Mein Herz raste. Schweißtropfen rannen mir von meiner Stirn in die Augen. War das ein Traum?

Ich hielt den Schlüssel erneut an die Tür. Der Messingkreis mit dem Schlüsselloch tauchte auf magische Weise wieder auf. Es war ein altmodisches Schlüsselloch, in das nur ein altmodischer Schlüssel passte. Zufälligerweise hielt ich einen solchen altmodischen Schlüssel in der Hand. Ich streckte den Schlüssel nach vorn und führte seinen aufwändig gearbeiteten Bart versuchshalber ins Schlüsselloch ein.

Ja, er passte genau. Ich fasste seinen Griff und drehte. Ich spürte, dass die Schließzylinder leicht zu drehen waren. Aber das war nicht möglich. Meine Zimmertür besaß doch gar kein Schloss. Ich drehte den Schlüssel immer weiter, bis ich das deutliche Klicken eines entriegelten Schlosses hörte. Gleichzeitig öffnete sich die Tür einen Spalt weit.

»Das ist sicher wieder ein Trugbild«, sagte ich zu mir selbst.

Jetzt reichte es mir. Ich riss die Tür auf und rannte aus dem Zimmer.

»Mom!«, rief ich.

Aber ich war nicht im oberen Flur unseres Hauses. Vielmehr stand ich in einer Bibliothek. Alte, mit Tausenden von Büchern gefüllte Holzregale bildeten lange Gänge, die sich scheinbar endlos in die Dunkelheit erstreckten.

Ich machte ein paar vorsichtige Schritte vorwärts, betrachtete dabei fassungslos diese Welt, von der ich sicher war, dass sie nur in meinem Gehirn existierte. Die Tür hinter mir knallte zu.

Ich drehte mich um und entdeckte einen alten Mann, der zwischen mir und dem Ausgang stand. Unter einen Arm hatte er einen Stapel Bücher geklemmt. In der anderen Hand hielt er den Schlüssel, den er aus dem Schloss gezogen hatte.

»Pass auf, dass du den nicht verlierst, mein Junge«, sagte er streng. »Es sei denn, es macht dir nichts aus, wenn du für immer verschwindest.«

Kapitel 9

Der alte Mann warf mir den Schlüssel zu und musterte mich prüfend von Kopf bis Fuß.

»Mach den Mund zu«, sagte er barsch. »Du siehst aus wie eine betäubte Forelle.«

Ich klappte den Mund zu. Der Mann war klein, untersetzt und musste mindestens 70 Jahre alt sein. Er war fast kahl – bis auf einen hufeisenförmigen Kranz aus schneeweißem Haar, der sich von Ohr zu Ohr um seinen Kopf wand. Auf seinen Wangen wuchs ein buschiger Backenbart. Er trug eine Nickelbrille. Und wenn er einen weißen Kinnbart und einen Sack voller Geschenke gehabt hätte, wäre er als Nikolaus durchgegangen. Allerdings wirkte er nicht so richtig fröhlich. Anstelle eines roten Mantels trug er eine graue Tweedhose mit einer passenden Weste und ein weißes Hemd mit hochgekrempelten Ärmeln.

»Schon besser«, sagte er. »Muss schon sagen, du bist jünger, als ich vermutet habe.«

Er redete mit einem leichten irischen Akzent.

»Woher wissen … wie bin ich …?«, flüsterte ich. Ich brachte

kaum ein Wort heraus, weil mein Mund sich ebenso betäubt anfühlte wie mein Gehirn.

»Was möchtest du sagen, mein Junge?« Der Mann runzelte die Stirn. »Wie du hierhergekommen bist?«

Ich nickte rasch.

»Der Paradox-Schlüssel hat dich hergebracht, was sonst.«

»Der was?«

»Der Paradox-Schlüssel. Der funktioniert an jeder Tür. Du landest immer hier.«

»Und wo ist … hier?« Ich starrte in die langen Gänge mit den Bücherregalen.

»Wonach sieht es denn aus?«, fragte er ungeduldig. »Ich würde es eine Bibliothek nennen …« Er machte eine Pause, um seinen Worten mehr Nachdruck zu verleihen. »Es ist *die* Große Bibliothek.«

Er wartete auf eine Reaktion von mir, aber ich blieb stumm.

Er schniefte und sagte: »Na gut, nicht besonders originell, aber es passt.«

Ich hielt den Schlüssel hoch und betrachtete ihn mit noch größerem Staunen.

»Also, egal für welche Tür ich ihn benutze, er bringt mich auf magische Weise immer in eine Bibliothek?«, fragte ich und fühlte mich so betäubt wie die bereits erwähnte Forelle.

»Nicht in irgendeine Bibliothek. In diese Bibliothek hier. Ich muss mal diese Bücher absetzen, meine Arme fallen gleich ab.«

Er hastete an mir vorbei auf einen Holztisch zu, der am Ende eines langen Gangs aus Bücherregalen stand. Er setzte den Stapel ab und rang nach Luft.

»Wer sind Sie?«, fragte ich.

»Das ist doch offensichtlich, oder?«

»An diesem Ort hier ist überhaupt nichts offensichtlich bis auf den Namen, den Sie ihm gegeben haben.«

»Ich bin der Bibliothekar. Everett, wenn's genehm ist. Ich nehme mal an, du bist Marcus O'Mara?«

»Wa… was? Woher kennen Sie meinen Namen?«, fragte ich und schaltete in den nächsthöheren Verwirrungs-Modus.

Der alte Mann, Everett, setzte ein verschmitztes Lächeln auf. »In Bibliotheken erfährt man alles Mögliche. Komm, ich führe dich herum.«

Everett marschierte los, hielt dann wieder an, als ihm auffiel, dass ich ihm nicht folgte.

»Es gibt keinen Grund, sich zu fürchten, Marcus. Du kannst jederzeit wieder gehen, wenn du möchtest.«

»Keinen Grund, mich zu fürchten?«, fragte ich ungläubig. »Ich habe gerade einen Schlüssel in meine Zimmertür gesteckt und bin an einen fremden Ort gezaubert worden. Das kann einem schon ein bisschen Angst machen.«

Everett schmunzelte. »Verstehe, verstehe. Ich vergesse das immer. Der erste Besuch hier kann schon ein kleines bisschen … verunsichern.«

»So könnte man es nennen. Mir fallen da noch ein paar andere Bezeichnungen ein. Habe ich den Verstand verloren?«

»Das kann ich leider nicht beurteilen. Diese Bibliothek hier ist jedenfalls ziemlich echt. Wenn du jedoch ein kleines bisschen verrückt sein solltest, hat das mit diesem Ort hier nichts zu tun.«

»Ich glaube, ich gehe lieber wieder«, sagte ich und drehte mich in Richtung Tür.

»Bist du überhaupt nicht neugierig darauf, wo du hier gelandet bist?«

Ehrlich gesagt war ich unendlich neugierig. Und außerdem – wenn das alles nur ein Traum war, dann konnte mir der alte Knabe ja nichts anhaben. Oder?

»Ja, doch«, sagte ich zögernd.

»Jetzt verstehen wir uns!«, sagte er begeistert und bedeutete mir, ihm zu folgen.

Ich sah mich noch einmal nach der Tür um, um abschätzen zu können, wohin ich laufen musste, falls eine schnelle Flucht nötig war. Es war eine schwere, altmodische Holztür, genau das Gegenteil meiner normalen, modernen Zimmertür. Hoffentlich war unser Haus auf der anderen Seite der Tür noch da. Ich hielt den Schlüssel fest umklammert und folgte dem alten Mann.

Die Bibliothek schien aus dem 19. Jahrhundert zu stammen. Ein modriger Geruch lag in der Luft, so als stünden die Bücher schon sehr lange auf diesen Holzregalen. Von der Decke hingen flackernde Gaslampen.

»Bin ich in die Vergangenheit gereist?«, fragte ich.

»Die Zeit hat hier keinerlei Bedeutung«, erwiderte Everett.

Das war nicht die Antwort, die ich mir gewünscht hatte. Sie machte den Ort nur noch unheimlicher.

Der Bibliothekar begab sich hinter eine lange, auf Hochglanz polierte Holztheke, vermutlich die Ausleihstelle. Auf der Theke befanden sich mehrere Stapel alter Bücher. Beim Reden überprüfte er die Titelseiten jedes einzelnen Buches und sortierte sie auf verschiedene Stöße.

»Die Sammlung ist zweigeteilt«, erklärte er.

Er zeigte auf die Korridore von Bücherregalen rechts von mir, die sich in der Dunkelheit verloren. Es mussten viele Tausend Bücher sein, alle in rotes, schwarzes oder braunes Leder gebunden. Keines hatte einen so bunten Schutzumschlag wie moderne Bücher. Sie sahen so aus, als gehörten sie in eine muffige, alte Bibliothek, in der sich vielleicht ein Charles Dickens aufgehalten hatte.

»Diese Bücher sind alle vollständig«, erklärte er. »Jede Geschichte darin hat ein Ende.«

»Haben nicht alle Bücher ein Ende?«

»Nicht alle«, sagte er und deutete auf die Flure zu meiner Linken. Auf dieser Seite standen weniger Bücher, aber es mussten immer noch Tausende sein.

»Den Geschichten in diesen Büchern fehlt das Ende.«

»Sie meinen, die haben ein offenes Ende?«, fragte ich.

»Ja, einige«, antwortete er, während er weiter Bücher sortierte. »Aber so war es nicht gedacht. Alle diese Geschichten sollten ein Ende bekommen und eines Tages wird es soweit sein.«

»Und warum stellt man Bücher, die nicht fertig sind, in eine Bibliothek?«

»Weil die Geschichten noch andauern«, erklärte er und bedeutete mir, ihm in einen der Gänge zwischen den unvollendeten Büchern zu folgen.

Ich betrachtete die Bücherreihen mit noch größerer Verwunderung.

»Sie meinen, die Geschichten sind nicht erfunden?«

»Keine davon. Alle diese Geschichten sind wirklich passiert. Und manche passieren immer noch.«

»Aber warum hat jemand diese Geschichten geschrieben, wenn sie kein Ende haben?«

Everett sah sich nach mir um und zwinkerte mir zu.

»Weil alle Geschichten ein Ende brauchen«, sagte er und ging weiter.

Mein Kopf brummte.

»Ihre Antworten ergeben überhaupt keinen Sinn.«

»O ja. Das ist der Knackpunkt«, sagte Everett. »Die Geschichten machen keinen Sinn. Genau deswegen stehen sie ja hier.«

»Ich verstehe immer noch nicht«, sagte ich frustriert.

»Hör zu, Junge, in dieser Welt sind Mächte am Werk, über die wir wenig wissen. Dinge passieren, die die Regeln von Wissenschaft und Natur auf den Kopf stellen. Merkwürdige Dinge. Unerklärliche Phänomene. Die Menschen in diesen Geschichten befinden sich in unerklärbaren Situationen. Kommt dir das bekannt vor?«

»Mir passieren in letzter Zeit auch merkwürdige Dinge.«

»Ja, in der Tat.« Er ging bis ans Ende einer Regalreihe, wo ein Lesepult aus Holz stand, auf dem ein einziges Buch lag.

»Wenn die Möglichkeit besteht, eine Geschichte zu beenden, wird das Buch auf das Lesepult gelegt.« Er legte seine Hand auf das Buch und fuhr fort: »Ich weiß, was dir passiert ist, Marcus. Ich weiß, dass ein Geist dich verfolgt und wie du in den Besitz des Paradox-Schlüssels gekommen bist.«

»Wie?«, fragte ich erstaunt.

»Natürlich, weil ich das Buch gelesen habe«, sagte der Bibliothekar, als sei es die offensichtlichste Sache der Welt. Er nahm das Buch in die Hand, blätterte zur letzten Seite und las:

»Du kletterst bitte nie, nie wieder hier herauf! Hast du verstanden?«, schimpfte Lillian Swenor.

»Muss ich ja auch nicht«, sagte Alex. »Ich habe Marcus den Schlüssel gegeben. Ich glaube, da gehört er hin.«

Die beiden sahen zu Marcus O'Mara, der sich über sie beugte und nach Luft rang. Er nahm den Schlüssel und legte ihn auf seine offene Hand.

»Ich weiß nicht, was für ein Schlüssel das ist«, sagte Mrs Swenor. »Oder warum er so wichtig ist. Aber dein Vater hat Michael gebeten, ihn dir zu geben. Deswegen gehört er jetzt dir.«

»Danke«, brachte Marcus nur heraus.

»Versprich mir eins«, bat sie.

»Was denn?«

»Sei bitte sehr, sehr vorsichtig.«

Michal Swenor hatte den Schlüssel übergeben, so wie er es seinem besten Freund versprochen hatte. Der Schlüssel war endlich da, wo er hingehörte.

Everett sah Marcus an und fragte: »Kommt dir das bekannt vor?«

»Wie kann das sein?«, fragte ich und Gedankenblitze zuckten durch mein Gehirn. »Das ist erst vor ein paar Stunden passiert.«

»Ich sagte dir doch, dass Zeit hier keine Bedeutung hat.«

Everett blickte auf das aufgeschlagene Buch und sagte: »Das ist die Geschichte von Michael Swenor. Da sie jetzt abgeschlossen ist, können wir das Buch auf die andere Seite der Bibliothek stellen …«

Er verstummte und seine Miene verdüsterte sich. Er schlug die letzte Seite des Buchs auf. Dann blätterte er noch einmal zurück, als suche er etwas.

»Was ist los?«, fragte ich.

»Ich weiß nicht recht.« Seine Augenbrauen rückten sorgenvoll zusammen. »Ich verfolge diese Geschichte schon seit längerer Zeit. Ich war mir ganz sicher, dass sie enden würde, sobald du den Paradox-Schlüssel in den Händen hältst. Aber ich kann das wichtigste Wort nicht entdecken.«

»Und welches Wort wäre das?«

»*Ende*. Das ist das Ziel der Arbeit, die wir hier erledigen. Ende.« Er schlug das Buch zu und fügte hinzu: »Na gut, so viel zu meinen hellseherischen Fähigkeiten. Sieht so aus, als wäre Michael Swenors Geschichte doch noch nicht zu *Ende*.«

Er legte das Buch wieder auf den Tisch zurück.

»Und was heißt das jetzt?«, wollte ich wissen.

»Es bedeutet, dass die Zeit deiner unheimlichen Begegnungen noch nicht vorbei ist«, sagte er. »Tut mir leid.«

Ich wich ein paar Schritte vor dem alten Mann zurück und stieß gegen ein Bücherregal. Einige Bände fielen zu Boden.

»Nein, damit will ich nichts mehr zu tun haben!«, schrie ich ihn an.

»Zu meinem Bedauern hast du keine Wahl, Marcus.« Everett zuckte mit den Schultern. »Hinter Michaels Geschichte steckt noch mehr, so viel ist klar. Wir wissen bloß nicht, wie viel mehr.«

»Doch, wissen wir«, widersprach ich. »Ich weiß genau, wie sie endet. Marcus O'Mara verlässt die Geschichte. Sie bekommen den Schlüssel und Michael Swenor findet ewige Ruhe und wird nie wieder jemanden belästigen. Mich schon gar nicht. Ende.«

Ich warf ihm den Schlüssel zu und Everett fing ihn ungeschickt auf.

»Du kannst nicht einfach ein Ende erfinden«, sagte er. »Das hier ist ja schließlich kein Roman. Es muss alles wirklich passieren.«

»Das sagen Sie«, blaffte ich ihn an.

Als ich die Tür erreichte, griff ich nach dem Knauf, zögerte aber. Was, wenn ich jetzt die Tür aufriss und einfach ins 19. Jahrhundert trat und von einer Pferdekutsche über den Haufen gefahren wurde oder so? Ich schloss die Augen, zog die Tür auf und sah … mein Zimmer. Ich sprang hinein und knallte die Tür hinter mir zu.

»Marcus!«, rief meine Mutter von der anderen Seite der Tür. »Bitte mach auf!«

Ich zog dieselbe Tür sofort wieder auf und sah … meine Mutter. Sie stand vor mir im Flur. In unserem Flur. Die Bibliothek war verschwunden.

Ich war vollkommen verwirrt. Ich hatte mich doch mindestens 15 Minuten lang in der Bibliothek aufgehalten, und doch stand meine Mutter hier vor meiner Tür, so verärgert, als befänden wir uns noch mitten in dem Streit, den wir direkt nach unserer Rückkehr begonnen hatten.

»Wir müssen reden.« Sie war sehr aufgebracht. »Das können wir jetzt nicht einfach unter den Teppich kehren.«

Stimmte es? Hatte die Zeit in dieser besonderen Bibliothek keinerlei Bedeutung? Es kostete mich größte Anstrengung, meine Gedanken zu sammeln und mich auf meine Mutter zu konzentrieren.

»Ähm … ja. Du hast recht. Hundertprozentig. Nur nicht jetzt gleich. Mir, ähm, mir geht's nicht so gut.«

»Okay.« Sie seufzte schicksalsergeben und wich ein bisschen zurück. »Aber wir können das nicht einfach übergehen.«

»Tun wir nicht«, sagte ich und schloss die Tür.

Ich dachte einen Moment lang nach, dann riss ich die Tür auf und sah … unseren Flur. Ich schloss die Tür und machte sie schnell wieder auf, nur um sicherzugehen. Alles war normal. Ich schloss die Tür ein letztes Mal und zog mich in mein Zimmer zurück. Ich zitterte … Was war geschehen? Ich hätte mir gern eingeredet, dass ich mir alles nur eingebildet hatte oder dass man mir eine Droge verabreicht hatte, die Halluzinationen auslöst. So unwahrscheinlich diese Erklärungen auch waren, sie klangen logischer, als dass ein Schlüssel jede beliebige Tür öffnete und dahinter eine geheimnisvolle Bibliothek lag, die unvollendete Geschichten von übersinnlichen Ereignissen enthielt.

Ich beschloss, nie wieder einen Fuß in diese Bibliothek zu setzen. Was kümmerte es mich, dass ich die Hauptrolle eines auf kosmischer Ebene verfassten unvollendeten Dramas spielte? Meine Geschichte würde niemals zu Ende geschrieben werden. Außerdem konnte ich ja gar nicht dorthin zurückkehren, denn ich hatte Everett den Schlüssel zugeworfen. Vielleicht war das jetzt das Ende von Michael Swenors Geschichte. Sobald ich den Schlüssel abgegeben hatte, war die Geschichte zu Ende und ich würde lange und glücklich leben, ganz ohne Geister. Genau! Das klang gut!

Ich ließ mich auf mein Bett fallen. Ich wollte nur noch schlafen und dabei vielleicht etwas träumen, das einen Sinn ergab … zum Beispiel dass ich in Unterwäsche im Unterricht saß oder dass ich eine Arbeit schreiben musste, für die ich nichts gelernt hatte. Ich machte mir nicht einmal die Mühe, meinen Schlafanzug anzuziehen. Ich wälzte mich einfach auf die Seite und wartete auf den Sandmann … aber mein Blick fiel auf den Schlüssel. Er lag auf meinem Kopfkissen, nur wenige Zentimeter vor meiner Nase. Er gehörte mir, ob mir das gefiel oder nicht. Meine Rolle in dieser Geschichte war noch nicht zu Ende.

Kapitel 10

Lu und Theo starrten mich mit weit aufgerissenen Augen und offenen Mündern an, als hätte ich ihnen gerade eröffnet, ich würde mir einen zweiten Kopf wachsen lassen. Vielleicht wäre das glaubwürdiger gewesen als die Geschichte, die ich ihnen aufgetischt hatte – über einen magischen Schlüssel und eine Bibliothek voller nicht abgeschlossener Geschichten.

»Na ja«, sagte Lu schließlich. »Das hört man nicht jeden Tag.«

»Darf ich ihn sehen?« Theos Stimme klang rau, als hätte er in der ganzen Zeit, in der ich erzählt hatte, nicht ein einziges Mal geschluckt.

Ich hatte mir den Schlüssel an der Lederschnur um den Hals gehängt. Er baumelte unter meinem Hemd wie ein großes Amulett. Ich zog ihn hervor und hielt ihn so, dass die beiden ihn näher betrachten konnten.

»Er sieht hübsch aus«, sagte Lu. »Du solltest ihn polieren.«

»Daran habe ich auch schon gedacht«, erwiderte ich. »Aber bei meinem Glück würde wahrscheinlich ein böser Geist erscheinen.«

»Er ist alt.« Theo schaltete in seinen Analyse-Modus. »Viel älter als 100 Jahre. Solche Schlüssel werden heute gar nicht mehr hergestellt.«

»Und woher weißt du das?«, fragte Lu zweifelnd.

»Weil ich klug bin«, lautete Theos schlichte, typische Antwort.

»Also, was meint ihr zu all dem?«, fragte ich und ließ den Schlüssel wieder unter mein T-Shirt gleiten. »Die einfache Antwort wäre: Ich bin verrückt. Aber ich fühle mich nicht verrückt. Eine andere Erklärung habe ich nicht.«

»Alles klaro.« Theo knetete sein Ohrläppchen. »Es könnte noch andere Erklärungen geben. Wir haben Stress erwähnt. Menschen können sich alles Mögliche einbilden, wenn sie unter Stress stehen.«

»Damit sind wir wieder bei der Theorie, dass ich wahnsinnig geworden bin«, stellte ich fest. »Weiter.«

»Du hast halluzinogene Drogen erwähnt. Es gibt sehr starke Mittel, die bewirken können, dass du solche Dinge siehst. Aber warum sollte dir jemand so etwas verabreichen?«

»Und ich fühle mich gut«, sagte ich. »Es ist ja nicht so, dass mir schwindlig wäre oder so.«

»Dann könnte man sich noch vorstellen, dass dir jemand einen ausgeklügelten Streich spielt«, sagte Theo. »Aber nach allem, was du uns erzählt hast, wäre ausgeklügelt noch eine Untertreibung.«

»Also bleibt nur eine Möglichkeit«, sagte Lu.

»Welche?«, rief ich.

Sie kratzte sich nervös am Hals und sagte: »Es könnte alles wahr sein.«

Ich sprang von meinem Stuhl hoch, setzte mich hin, sprang wieder auf. Ich war so unglaublich nervös, dass ich nicht stillsitzen konnte.

»Weißt du, was das bedeutet?«, fragte ich sie.

»Nein.«

»Dieser ganze Kram, den wir aus dem Kino kennen oder in Büchern lesen, diese ganzen Geistergeschichten und die magischen Ereignisse, diese seltsamen, unerklärlichen, irren Dinge, das wäre alles möglich. Das verändert … alles.«

»Nein, tut es nicht«, widersprach Lu. »Es bedeutet nur, dass manchmal Dinge geschehen, die wir nicht erklären können.«

»Alles lässt sich erklären«, sagte Theo streng.

»Also gut«, feuerte Lu zurück. »Dann lautet die Erklärung: Es lässt sich nicht erklären. Es ist wie bei einem Medium oder bei Leuten, die sich an ihr früheres Leben erinnern. Für all das gibt es keine wissenschaftliche Erklärung, aber es existiert trotzdem.«

»Natürlich gibt es für all das Erklärungen.« Theo blieb hartnäckig. »Es ist alles Schwindel.«

»Könntest du vielleicht ein einziges Mal deine Engstirnigkeit überwinden?«, blaffte Lu ihn an. »Es lässt sich nicht alles wissenschaftlich errechnen.«

»Doch«, sagte Theo hundertprozentig überzeugt.

»Und wie erklärst du dir dann das, was Marcus gerade passiert?« Lu verschränkte die Arme.

Theo setzte zu einer Antwort an, dann hielt er inne.

»Das kann ich nicht«, gestand er. »Aber das werde ich. Wenn ich mir in einem Punkt vollkommen sicher bin, dann in dem: Hier passiert nichts Übersinnliches. So etwas wie Geister und Verwünschungen gibt es nicht. Auch keine magischen Bibliotheken. So funktioniert die Welt nun mal nicht. Wenn ihr dazu bereit seid, logisch an das Problem heranzugehen, stehe ich euch wieder zur Verfügung.«

Er schnappte seine Bücher und sein Esstablett und stürmte davon.

»Warum regt er sich denn so auf?«, fragte ich. »Er ist doch nicht derjenige mit den Halluzinationen.«

»Er mag es nicht, wenn seine geordnete Welt sich als doch nicht ganz so geordnet erweist«, sagte Lu.

»Ich mag es auch nicht besonders.«

»Vielleicht solltest du es deinen Eltern erzählen.«

»Nein!«, sagte ich schnell. »Das sind die Letzten, denen ich davon berichten möchte.«

»Warum?«

Ich antwortete nicht gleich. Noch nie hatte ich mit jemandem über das geredet, was ich für meine Eltern empfand.

»Wie läuft es eigentlich zwischen dir und deinen Eltern, Marcus?«, fragte Lu.

»Sie bereuen es, dass sie mich adoptiert haben.«

»Was? Nein! Warum sagst du das?«

»Weil sie eine bestimmte Art von Kind wollten … und ich bin nicht so. Meine Mutter hat das sogar gesagt.«

»Hat sie nicht.«

»Doch, irgendwie schon. Das kam aber auch nicht überraschend. Sie sagen mir die ganze Zeit, was ich alles falsch mache und wie enttäuscht und frustriert sie sind. Ich kann das schon nicht mehr hören, weißt du.«

»Das machen doch alle Eltern«, sagte Lu. »Meine Mom findet es furchtbar, dass ich Roller Derby spiele. Ihr wäre es lieber, ich wäre Cheerleader. Kannst du dir das vorstellen?«

»Bei uns ist es etwas anderes. Sie sind die ganze Zeit sauer auf mich, und je mehr wir darüber reden, desto schlimmer wird es. Ich behaupte ja nicht, dass ich perfekt bin, aber ich weiß, ihnen wäre es lieber, sie hätten jemand anderen adoptiert. Um ehrlich zu sein, ich wünsche mir das auch manchmal.«

»Sag das doch nicht.«

»Wenigstens hat die Sache mit dem Schlüssel was Gutes: Ich habe etwas über meine richtigen Eltern erfahren.«

Die Pausenglocke ertönte und sofort strömten die Schüler aus der Cafeteria. Lu und ich rührten uns nicht. Die anderen Kinder drängten sich an uns vorbei.

»Zu der Geschichte mit der Bücherei kann ich nichts sagen«, sagte Lu. »Aber eins weiß ich genau: Deine richtigen Eltern sind die Leute, bei denen du lebst.«

Ich schnappte meine Bücher und stand auf. »Und ich weiß

auch etwas genau: Ich werde diesen Schlüssel nie wieder auch nur in die Nähe einer Tür halten.«

Lu streckte die Hand aus und berührte den Schlüssel durch mein Hemd hindurch.

»Sei da mal nicht zu voreilig«, sagte sie. »In einer Bibliothek kann man alles Mögliche erfahren.« Sie lächelte mich an. »Sag ich jetzt mal so.«

An diesem Tag leistete ich meine dritte Stunde Nachsitzen ab. Mrs Holden hatte wieder die Aufsicht. Und dieses Mal ließ sie mich keinen Moment allein. Das war mir recht. Ich hatte gern Gesellschaft ... oder Schutz.

Ich versuchte, mit ihr zu verhandeln: Eigentlich müsste man den einen Tag Unterrichtsausschluss als Nachsitz-Tag anrechnen. Aber sie ging nicht darauf ein. Immerhin musste sie angesichts meiner Bemühungen lächeln.

Das Nachsitzen verlief ohne jegliche Einmischung der unheimlichen Art. In mir keimte die Hoffnung, dass meine Rolle in Michael Swenors Geschichte vielleicht doch zu Ende wäre.

Ich wohnte nicht weit von der Schule entfernt, deswegen ging ich jeden Nachmittag zu Fuß über die Vorort-Gehwege von Stony Brook nach Hause. Da der Unterricht schon seit über einer Stunde zu Ende war, hatten sich sämtliche Schulbusse und die panischen Mütter in ihren SUVs längst verzogen. Die Straße vor dem Schulgebäude lag verlassen da. Es war alles so ruhig, dass ich mir nicht die Mühe machte, erst zur Ecke vorzugehen, um dort die Straße zu überqueren. Ich sah nach beiden Seiten, um sicherzugehen, dass alles frei war, und wollte gerade meinen Fuß auf die Fahrbahn setzen, da sah ich auf dem Gehsteig gegenüber Michael Swenor. Es gab keinen Zweifel, dass er es war. Allerdings trug er nicht mehr Schlafanzug und Bademantel, sondern wie auf dem Zeitungsfoto seine schwarze Feuerwehruniform. Er stand da ganz allein und sah mich mit merkwürdig leerem Gesichtsausdruck an. Ich erstarrte. Ich sah auf einen Geist, der Geist sah auf mich. Was wollte er? Der Mann hob langsam einen Arm. Ich dachte, er wolle mir zuwinken, aber stattdessen hielt er mir die Handfläche entgegen, in einer Geste, die »Halt!« bedeutete – als rate er mir, nicht weiterzugehen. Kein Problem. Ich wollte mich ihm nicht nähern.

Eine Sekunde später hopste ein großer rosaroter Gummiball von hinten an mir vorbei und rollte auf die Straße. Mein erster Impuls war, ihm nachzulaufen, aber ich tat es nicht. Ich stand noch immer unter Schock. Ein kleines Mädchen rannte von hinten an mir vorbei. Sie hatte langes rotes Haar, das ihr bis über die Schultern fiel, und sie trug ein niedliches rosarotes Sonntagskleidchen. Sie sprang vollkommen sorglos auf die Straße und rannte dem Ball nach.

»Hey, vorsichtig!«, rief ich.

Da kam ein Auto um die Ecke gerast. Es fuhr so schnell um die Kurve, dass seine Reifen auf dem Asphalt quietschten. Es fing sich, beschleunigte … und fuhr direkt auf das kleine Mädchen zu.

Mein Instinkt übernahm. Ich rannte auf die Straße, riss das kleine Mädchen hoch und rannte weiter. Es war nicht besonders knapp, aber mein Herz klopfte trotzdem wie verrückt. Der Wagen rauschte vorbei. Ein paar High-School-Jungs hingen aus den Autofenstern.

»Runter von der Straße, du Idiot!«, schrie einer, während sie vorbeirasten.

»Fahrt langsamer!«, brüllte ich ihnen nach.

Sie sausten davon.

»Du musst vorsichtig sein«, sagte ich zu dem Mädchen, als ich sie auf dem Gehweg auf der gegenüberliegenden Seite auf den Boden stellte. »Wo ist denn deine Mutter?«

Das Mädchen sah mich an und ich bekam weiche Knie. Sie hatte das Gesicht einer Plastikpuppe, umrahmt von langen, roten Haaren. Es war nicht irgendein Puppengesicht. Es war das Gesicht der alten Frau. Ihre wilden Augen funkelten mich direkt an, und als sie zu sprechen begann, klappte ihr Unterkiefer herunter.

»Gib den Schlüssel heraus«, sagte sie mit einer brüchigen Stimme. »Oder noch mehr werden sterben.«

Ich wich ein paar Schritte zurück, als hätte mich jemand geschubst. Das Mädchen, die Puppe, die alte Frau oder was immer es auch war, hüpfte über den Gehsteig davon. Ich stand fassungslos da und starrte ihr nach, bis sie um eine Ecke verschwunden war.

Sekundenlang stand ich einfach da und versuchte, mein

Gehirn wieder zum Laufen zu bringen. Endlich fiel mir Michael Swenor ein. Ich drehte mich um und starrte auf die Stelle, wo der Geist gestanden hatte. Er war verschwunden. Weit und breit niemand zu sehen. Außer mir hatte kein Mensch beobachtet, was geschehen war.

Warum war er zurückgekommen? Hatte er mich daran hindern wollen, die Straße zu betreten? Oder wollte er jemanden retten? Die alte Hexe? Oder beschützte er mich?

Ich musste mich zwingen, meine Füße zu bewegen. Ich rannte den Gehweg entlang, achtete kaum auf den Verkehr, wenn ich eine der vielen Straßen überquerte, und blieb nicht mehr stehen, bis ich zu Hause ankam. Ich schlug die Haustür hinter mir zu und stand schwer atmend im Flur. Ich brauchte dringend etwas zu trinken, also flitzte ich in die Küche und schnappte mir ein Glas, überlegte es mir dann anders und hielt den Kopf direkt unter den Wasserhahn.

Während ich trank, fiel mein Blick etwas, das auf der Arbeitsplatte stand. Es war ein Teller voller Brownies. Meine Lieblingssorte, die aus dunkler Schokolade. Daneben lag ein gefaltetes Stück Papier, auf dem mein Name stand. Ich wollte ihn gar nicht ansehen. Ich rechnete fest damit, dass auf dem Zettel *Gib den Schlüssel heraus* stand. Vier Worte, die ich inzwischen verabscheute. Allerdings waren noch weitere Worte dazugekommen, die mir Sorgen machten: *Oder noch mehr werden sterben*. Genau das hatte die alte Frau, die Mädchenpuppe, die Hexe gesagt: Oder noch mehr werden sterben.

Ich nahm all meinen Mut zusammen, schnappte mir den Zettel und las. Er war von meiner Mutter. Ich erkannte ihre makellose Handschrift.

> Wir reden, wenn ich nach Hause komme. Ich habe dir deine Lieblings-Brownies gemacht. Iss nicht alle auf. Ach egal, iss alle auf, wenn du magst. Mom.

War dieser Brief wirklich von Mom? Oder war es ein Trick? Sollte ich einen Teller voll vergifteter Brownies essen? Der Brief klang absolut nicht nach meiner Mutter. Ich wollte glauben, dass sie den Versuch machte, auf mich zuzugehen und alles wieder ins Lot zu bringen, aber ich war mir nicht sicher, was ich glauben konnte und was nicht.

Oder noch mehr werden sterben.

Das war keine Drohung gegen mich. Es war eine Warnung. Würde die alte Hexe jetzt Menschen ins Visier nehmen, die mir nahestanden? Eins war jedenfalls sicher: Meine Rolle in Michael Swenors Geschichte war noch nicht zu Ende. Noch lange nicht.

Ich verließ die Küche, ohne mir einen Brownie zu nehmen. Ich wollte nichts riskieren. Ich ging nach oben in mein Zimmer, ließ meine Bücher auf den Schreibtisch fallen und zog den Schlüssel unter meinem Hemd hervor. Wie konnte ich ihn herausgeben? Wenn ich ihn hergab, verlor ich meine einzige Verbindung zu meinen richtigen Eltern. Aber wenn ich damit die Geistererscheinungen abstellen und andere vor dieser verrückten alten Frau beschützten konnte, durfte ich ihn dann behalten?

Ich ging auf meine Zimmertür zu und spürte, wie sich der Schlüssel in meiner Hand erwärmte, als sage er mir, was zu tun war. Ich hielt ihn in Richtung Tür. Sofort erschien die dunkle Stelle und verwandelte sich in ein Schlüsselloch aus Messing. Ich verstand. Ich steckte den Schlüssel ins Schloss, drehte ihn, öffnete die Tür und betrat die Bibliothek.

Kapitel 11

Es war so still wie … na ja, wie in einer Bibliothek. Meine Schritte hallten wider, während ich langsam an den Bücherregalen vorbeiging. Ich wollte nicht rufen und laut verkünden, dass ich wieder da war. Das erschien mir irgendwie unpassend. Immerhin war das ja eine Bibliothek. Stattdessen lauschte ich auf Lebenszeichen.

Plötzlich fühlte sich der altertümliche Raum gar nicht mehr wie eine Bibliothek an, sondern mehr wie eine Gruft. Es war auch nicht gerade beruhigend, dass alle Bücher voller wahrer Geschichten steckten, Geschichten über Geister und andere seltsame Dinge. Ich ging noch ein paar Schritte weiter und hörte das leise Rascheln von umgeblätterten Seiten. Schnell wandte ich mich in die Richtung, aus der das Geräusch kam. Ich ging noch an einigen Gängen mit endlosen Bücherregalen vorbei, dann erreichte ich die Ausleihtheke. Dort saß Everett auf einem Hocker und las. Seine Nickelbrille war ihm auf die Nasenspitze gerutscht. Er sah konzentriert auf ein Buch, das aufgeschlagen vor ihm lag. Ich blieb einige Meter vor ihm stehen und hoffte, er würde mich bemerken. Einige verlegene Sekunden verstrichen, dann räusperte ich mich. Er sah nicht auf.

»Ich bin wieder da«, sagte ich kleinlaut.

»Ganz offensichtlich«, sagte Everett, ohne mich anzusehen.

»Sie haben recht gehabt«, sagte ich. »Michael Swenors Geschichte ist noch nicht zu Ende. Und ich spiele eine Rolle darin Ich würde gern wissen, wie ich sie zu Ende bringen kann.«

Jetzt wurde er aufmerksam. Er warf mir einen prüfenden Blick über den Rand seiner Brille zu.

»Warum hast du deine Meinung geändert?«, fragte er. »Vielleicht wegen des kleinen Mädchens, das beinahe von einem Auto überfahren worden wäre? Mutige Tat, übrigens. Schnelle Reaktion. Guter Instinkt.«

Wieder bekam ich weiche Knie.

»Woher wissen Sie das?«, fragte ich ungläubig.

Everett drehte das Buch um und tippte mit dem Finger auf die Seite. Ich sah auf die gedruckten Wörter und las:

DAS KLEINE MÄDCHEN hatte das Gesicht einer alten Puppe mit wilden Augen. Sie richtete ihren durchdringenden Blick auf Marcus und sagte: »Gib den Schlüssel heraus oder noch mehr werden sterben.«

»Oder noch mehr werden sterben«, zitierte Everett und hob die Augenbrauen. »Das klingt beunruhigend.«

»Wer hat das geschrieben?«, wollte ich wissen. »Es war doch niemand dabei.«

»Überall gibt es Augen«, sagte Everett. »Besonders wenn es zu einer Störung kommt.«

»Störung?«

»So nenne ich es. Wie ich dir bereits erklärt habe, hält sich das, was sich im Leben von Menschen ereignet, nicht immer an die Regeln von Wissenschaft und Naturgesetzen. Es wirken Kräfte, die sich nicht erklären lassen. Um sie geht es in dieser Bibliothek. Wir dokumentieren, untersuchen und versuchen, die Dinge gerade zu rücken.«

»Wer ist ›wir‹?«

Everett sah mir direkt in die Augen. Ich hatte den Eindruck, er wollte meine Gedanken lesen. Oder vielleicht überlegte er, ob ich die Antwort, um die ich bat, überhaupt verkraften konnte. Er nahm seine Brille ab und putzte sie mit einem zerknitterten Taschentuch, das er aus seiner Hosentasche gezogen hatte.

»Ich möchte dir eine Frage stellen«, sagte er. »Deine Antwort wird die Sache entweder erleichtern oder uns beiden eine Menge Unannehmlichkeiten bereiten.«

»Schießen Sie los.«

»Glaubst du an Geister?«

Er sah mich so unverwandt an, dass mir klar war: Er meinte es ernst. Ob ich an Geister glaubte? Gute Frage.

»Hätten Sie mich vor einigen Tagen gefragt, hätte ich gedacht, dass Sie hier der Verrückte sind«, antwortete ich.

»Und jetzt?«

»Ja, ich glaube an Geister. Allerdings bin ich mir nicht sicher, ob das besser ist, als verrückt zu sein.«

Everett nickte zufrieden und verstaute seine Brille in seiner Westentasche.

»Ist es durchaus. Es bedeutet, dass du die Realität akzeptiert hast.«

»Die Realität?«, fragte ich spöttisch. »Ich weiß nicht mehr, was das ist.«

Everett schlug das Buch zu, erhob sich und bedeutete mir, ihm zu folgen. Er kam um die Theke herum und watschelte einen der langen Gänge entlang. Sein leichtes Humpeln verriet, dass er mindestens so alt war, wie er aussah.

»Das Leben hat eine natürliche Ordnung, Marcus«, sagte er. »Darum existiert die Welt, darum dreht sie sich weiter. Aber von Zeit zu Zeit gerät sie aus dem Gleichgewicht. Die Menschen tun Dinge, die sie nicht tun sollten. Oder es passiert etwas Unerwartetes, das jemanden aus der Bahn wirft. Und dann bleiben die Dinge unerledigt. Unbeendet.«

»Gestört?«

»So ist es! Gut. Hier kommen wir ins Spiel. Wir versuchen, die Dinge in Ordnung zu bringen.« Er ließ seinen Blick über die Bücherreihen wandern. »Hier hätten wir ein wunderbares Beispiel.« In seiner Stimme schwang Begeisterung mit, als er einen alten Lederband aus dem Regal zog. »Ein Klassiker. Der Herr in dieser Geschichte wurde von seinem Geschäftspartner vergiftet. Ein klarer Fall von Habgier. Der Mörder kam ungeschoren davon. Da haben wir die Störung. Dem Opfer ist Unrecht widerfahren und sein Geist konnte keinen Frieden finden, solange die Gerechtigkeit nicht gesiegt hatte. Eine Agentin dieser Bibliothek brachte die Wahrheit ans Licht. So nenne ich die Menschen, die solche Geschichten beenden. Agenten. Dieses Mädchen enthüllte die Identität des Mörders mithilfe des Opfers selbst. Oder seines Geists. Sie führte seine Geschichte zu Ende und der Geist konnte hinübergehen. Diese Regale sind voll mit solchen Geschichten. Ich archiviere sie unter dem Stichwort *Gerechtigkeit.*«

»Und wie hat diese Agentin die Geschichte beendet?«, fragte ich. »Hat sie … irgendwie … nachgeforscht?«

»So könnte man es nennen. Informationen aus erster Hand. Wenn ein Agent die Bibliothek mit einem dieser Bücher verlässt, wird er ein Teil dieser Geschichte.«

»Moment mal … was? Ganz echt?«

»So ist es. Wie könnte er sonst etwas in Ordnung bringen?«

»Das ist unmöglich«, sagte ich.

»Bis vor ein paar Tagen hast du auch Geister für unmöglich gehalten, nicht wahr?«, fragte er und drückte mir das Buch in die Hand. »Hier ist noch so eine gute Geschichte«, fuhr er dann fort und zog ein schwarz eingebundenes Buch aus dem Regal. »Ist in New Orleans passiert. Familie mit drei kleinen Kindern. Eines

Morgens wachten die drei Kinder auf und waren stumm. Einfach so. Konnten kein Wort mehr sagen, nicht einmal flüstern. Es stellte sich heraus, dass die alte Frau, die in der Wohnung unter ihnen lebte, sich für eine Voodoo-Königin hielt. Die Kinder hatten ihr zu viel Lärm gemacht, hatten ihre Mittagsschläfchen gestört. Sie bediente sich schwarzer Magie, um sie mit einem Fluch zu belegen, der sie zum Schweigen brachte. Die Ärzte fanden nicht heraus, was mit ihnen geschehen war. Wir schon.«

»Dann wurde der Agent nach New Orleans geschickt und der konnte alles aufklären?«

»So ist es. Die Geschichte habe ich unter *Flüche* archiviert.«

Er reichte mir das Buch. Ich starrte es an, versuchte, die Magie zu verstehen, die einen lebendigen, atmenden Menschen an einen anderen Ort zaubern konnte.

»Dann passieren all diese nicht beendeten Geschichten gerade jetzt im Moment?«, fragte ich.

»Manche ja. Michael Swenors Geschichte ist eine davon. Aber nicht alle Geschichten geschehen im Heute. Viele liegen weit in der Vergangenheit, aber wir versuchen trotzdem, sie zu beenden.«

»Im Ernst? Dann ist die Bibliothek auch so eine Art Zeitmaschine?«

»Ich habe dir doch gesagt, dass die Zeit hier keine Bedeutung hat.«

Mir schwirrte der Kopf. Je mehr ich über diese durchgeknallte Bibliothek erfuhr, desto wilder erschien mir das alles.

»Wer schreibt denn die Geschichten?«, fragte ich.

»Geister natürlich«, sagte Everett ganz locker. »Ich habe ja schon gesagt, es gibt überall Augen.«

Meine fassungslose Miene war ihm wohl aufgefallen, denn er zuckte ganz unschuldig mit den Schultern und fragte: »Warum so überrascht? Du hast doch gesagt, du glaubst jetzt an Geister.«

Er wandte sich ab und marschierte wieder in Richtung Ausleihtheke. Ich stopfte die Bücher ins Regal zurück und hastete hinter ihm her.

»Sie wollen mir doch nicht erzählen, dass überall Geister umherschleichen, sich Notizen über merkwürdige Ereignisse machen und dann Bücher darüber schreiben?«

»Mehr oder weniger«, behauptete er.

»Ich gehe nie wieder aufs Klo.«

Everett runzelte die Stirn. »Ich bitte dich, mein Junge. Alles hat seine Grenzen.«

»Also hat ein Geist beobachtet, was mir mit dem kleinen Mädchen passiert ist, und hat es aufgeschrieben?«

Everett griff nach dem Buch, in dem er gelesen hatte, und hielt es hoch. »Jede Kleinigkeit. Aber das ist nicht immer der Fall. Manchmal entgeht ihnen etwas. Wir müssen die Lücken füllen. Das ist unsere Aufgabe.«

»Aber wenn die Geister überall sind, warum helfen sie dann nicht? Sie hätten doch verhindern können, dass Michael Swenor vom Dach fällt.«

»So funktioniert das nicht. Geister können Ereignisse nicht

beeinflussen, sondern sie nur beobachten. Deswegen brauchen wir die menschlichen Agenten.«

»Und was ist mit Ihnen? Sie lesen all diese Bücher. Sie wussten doch, was los war. Warum haben Sie Michael Swenor nicht geholfen?«

»Ich habe dir doch gesagt, dass Geister keine Ereignisse beeinflussen können.«

»Aber Sie sind doch gar kein …« Es dauerte ein paar Sekunden, bis die Bedeutung seiner Worte bei mir ankam. »Moment mal. Das heißt …«

Everett zwinkerte mir zu. »Buuh!«, machte er.

Ich wich so hastig zurück, dass ich gegen ein Bücherregal prallte.

»Sie sind tot?« Meine Stimme überschlug sich.

»Entspann dich … du machst ja ein Gesicht, als hättest du ein Gespenst gesehen! Ach so, Moment …« Er kicherte, als freue er sich über seinen eigenen Witz.

Am liebsten wäre ich wie der Teufel aus der Bibliothek geflitzt, aber dann fiel mir die alte Hexe wieder ein. Sie machte mir viel mehr Angst als dieser Typ hier – auch wenn er ein Geist war.

»Warum bin ich hier?«, fragte ich und versuchte in einer normalen Tonlage zu sprechen. »Warum hatte mein Vater diesen Schlüssel? Und wer ist diese alte Frau?«

»Die ersten beiden Fragen kann ich leicht beantworten«, sagte Everett. »Dein Vater war ein Agent der Bibliothek. Es sieht so aus, als wünschte er, dass du in seine Fußstapfen trittst.«

»Sie reden von meinem biologischen Vater?«

»Ja. Ein guter Mann, dieser Jim Roxbury. Er brachte immer mal wieder einen anderen jungen Mann mit, seinen Freund, Michael Swenor.«

»Michael Swenor war hier? Sie kennen ihn?«

»Aber ja. Ein kluger Mann. Guter Agent. Sehr bemüht. Zieh die Schublade auf, die direkt vor dir. Er hat vor einer ganzen Weile hier etwas zurückgelassen.«

Ich sah auf den Schreibtisch und entdeckte mehrere Schubladen mit Messinggriffen. Ich öffnete die oberste Schublade und stellte fest, dass sie nur ein einziges Ding enthielt. Es war ein Abzeichen. Ein silbernes Abzeichen der New Yorker Feuerwehr.

»Nimm es heraus«, befahl Everett.

Ich nahm das schwere, silberfarbene Abzeichen aus der Schublade. Es trug die Nummer einer Feuerwehreinheit und die Nummer des Feuerwehrmanns.

»Hat das Michael Swenor gehört?«, fragte ich.

»O ja. So ein feiner Mann. Genau wie dein Vater.«

Ein weiteres Teil passte in das große Puzzle. Mrs Swenor hatte mir erzählt, dass ihr Mann übersinnliche Ereignisse untersucht hatte, doch niemals die Wohnung verlassen habe. Doch jetzt stellte sich heraus, dass er die Wohnung andauernd verlassen hatte. Er war in die Bibliothek gegangen. Da dort die Zeit jedoch keine Rolle spielte, war zu Hause keine Zeit vergangen, wenn er zurückkam. Es war immer so, als wäre er nie fort gewesen.

»Es tut mir weh, dass er auf diese Weise von uns gegangen ist«, sagte Everett.

Ich wollte das Abzeichen in die Schublade zurücklegen, aber er stoppte mich.

»Nimm es mit. Dieses Abzeichen kommt aus der Welt der Sterblichen. Es sollte nicht hier sein.«

»Und was soll ich damit machen?«

»Was du möchtest.«

Ich ließ das schwere Metallabzeichen in die Tasche meines Kapuzenpullis gleiten.

»Nun«, fuhr Everett fort, »die Antwort auf deine dritte Frage bereitet mir Kopfzerbrechen.« Er setzte sich wieder hinter seine Theke und schlug das Buch auf. »Das Problem ist: Diese Geschichten erzählen uns nur, was geschehen ist. Sie sagen nicht die Zukunft voraus.«

»Steht denn drin, wer die alte Dame ist?«, fragte ich.

Everett holte nervös Luft, dann sagte er: »Ich fürchte, ja. Sie mag ja alt sein, aber eine Dame ist sie jedenfalls nicht.«

»Sie ist ein Mann?«, fragte ich ungläubig.

»Nennen wir es eher … ein Ding. Diese Bezeichnung ist so passend wie jede andere. Das Ding spielt in vielen der Geschichten, die wir hier in der Bibliothek archivieren, eine Rolle, und ich vermute, aus diesem Grund ist es hinter dem Schlüssel her. Es möchte verhindern, dass weitere Geschichten beendet werden können.«

»Warum denn das?«, fragte ich.

Everett schob mir das Buch zu. Er sagte nur ein Wort: »Lies.«

Die Seiten waren vergilbt, als sei das Buch vor langer Zeit gedruckt worden. Gedruckt? Konnten Geister-Schriftsteller etwas drucken? Stand irgendwo ein magischer Laserdrucker, der diese Dinger auswarf? Ich schlug die erste Seite auf und las:

DAS PHANTOM HAT viele Namen: El Coco, Nøkken, Mörkö, Babau und Butzemann und zahllose andere, je nach Land und Kultur, in der von ihm erzählt wird. Wir nennen es den Boggin. Zwar ist es inzwischen ein sagenumwobenes Wesen, aber sein Ursprung lässt sich bis in die Zeit der Druiden zurückverfolgen. Alte Texte berichten, dass Mystiker einen mächtigen Geist heraufbeschworen, um ungehorsame Kinder im Zaum zu halten. Seine einzige Aufgabe bestand darin, aufmüpfigen Kindern Angst einzujagen und sie dadurch gefügig zu machen.

Aber es stellte sich heraus, dass die Macht dieses Geists mehr Probleme schuf als löste. Seine Freude, Menschen in Angst und Schrecken zu versetzen, wurde jedes Mal größer, wenn es sich in den Köpfen seiner jungen Opfer festsetzte und ihnen die Bilder und Erscheinungen vorgaukelte, die sie am meisten fürchteten.

Die Kunde von diesem grauenvollen Geist verbreitete sich in jeden Winkel der alten Welt. Überall entstanden Geschichten und Legenden, die bis in die Neuzeit hinein weitergegeben und ausgeschmückt wurden. Die meisten dieser Geschichten sind als reine Märchen zu betrachten. Doch das Ungeheuer selbst ist ziemlich echt.

In den alten Zeiten wurde keine Möglichkeit gefunden, es vollständig zu vernichten. Die Mystiker schufen allerdings gleichzeitig mit dem Geist auch eine Möglichkeit, diesen zu bannen und zu kontrollieren. Im Laufe der Jahrhunderte konnte er wiederholt eingeschlossen werden. Doch immer wieder befreite er sich und verbreitete mit großer Freude Angst und Schrecken.

Ich schob das Buch von mir weg und sah Everett an, der sich in seinem Stuhl zurückgelehnt und die Hände über dem runden Bauch verschränkt hatte.

»Sie wollen mich veralbern, oder?«, fragte ich.

»Gibt es ein Problem?«

»Ja, es gibt ein Problem. Sie wissen, was das hier bedeutet, oder?«

»Ich ahne es.«

»Ich auch«, gab ich nervös zurück. »Das heißt, die Legende ist wahr.«

»Ja, so sehe ich das auch.«

»Aber das ist vollkommen verrückt.« Mein Herz klopfte wie wild. »Das ist ein Märchen. Ein Mythos. Wie Frankenstein. Oder Dracula. Es ist ein ... ein ... Scherz.«

»Ein Scherz? Hast du denn etwas von dem, was dir passiert ist, auch nur im Entferntesten lustig gefunden?«

»Aber es ist eine erfundene Figur.«

»Erklär das Michael Swenor, wenn du ihn nächstes Mal siehst.«

Ich schlug das Buch mit einem Knall zu und wich zurück.

»Das glaube ich nicht.«

»Was genau glaubst du denn nicht, Marcus? Dass diese Geschichten wahr sind? Dass ich ein Geist bin? Dass in dieser Bibliothek lauter Geschichten von Menschen stehen, die unserer Hilfe bedürfen? Oder dass das, was du gerade gelesen hast, wahr ist?«

In meinem Kopf drehte sich alles. Von allem, was ich gesehen, allem, was ich erlebt hatte, war das hier am schwersten zu akzeptieren.

»Ich ... ich weiß nicht«, stammelte ich.

»Dann mach dich mit dem Gedanken vertraut, mein Junge«, sagte Everett, der jetzt wieder sehr ernst geworden war. »Du hast die Trugbilder gesehen. Du hast die Angst gespürt. Ich weiß nicht genau, welche Rolle Michael Swenor in dieser Geschichte spielt, aber so wie ich es einschätze, ist dieses Ding wieder auf freiem Fuß und hat die Bibliothek ins Visier genommen Es wollte verhindern, dass du den Schlüssel bekommst, aber jetzt, wo du ihn hast, ist es hinter dir her. Mithilfe des Schlüssels könnte es diesen Ort hier und damit die ganze Arbeit, die wir seit vielen, vielen Jahren hier verrichtet haben, zerstören. Das ist sein Ziel, Marcus. Es möchte die Bibliothek zerstören und es wird jeden aufhalten, der sich ihm in den Weg stellt. Zuletzt Michael Swenor … und jetzt dich.«

Ich musterte das Buch, das auf der Theke zwischen uns lag. Es enthielt eine Geschichte. Eine unmögliche Geschichte. Aber ich wusste, sie war wahr, ich hatte ja alles miterlebt.

»Dann ist es also kein Mythos«, sagte ich sachlich. »Es gibt ihn wirklich, den Butzemann.«

»So ist es«, sagte Everett.

»Ich … ich muss nachdenken.« Ich wich langsam in Richtung Tür zurück. »Ich gehe nach Hause.«

»Nimm das mit.« Er hielt mir das Buch hin, das Michael Swenors Geschichte enthielt.

Ich nahm es nicht. Es stammte aus einem anderen Universum. Ich ging weiter rückwärts, wäre beinahe über ein Bücherregal gestolpert.

»Ich möchte es nicht«, sagte ich.

Everett zuckte mit den Schultern und legte das Buch auf seinen Tisch.

»Auch nicht schlimm. Du brauchst es ja nicht. Du befindest dich eh schon mitten in der Geschichte.«

»Das beruhigt mich jetzt nicht besonders.«

»Du hast eine Menge zu verdauen«, sagte Everett. »Aber du

musst verstehen, dass du Teil des Ganzen bist. Du weißt es und der Boggin weiß es. Die Frage ist: Was wirst du dagegen tun?«

Ich konnte gar nicht schnell genug flüchten und rannte in Richtung Tür.

»Behalte einen kühlen Kopf, mein Sohn!«, rief Everett mir nach. »Oder noch mehr werden sterben.«

Ich riss die Tür auf, sprang hindurch in … mein Zimmer. Puh.

»Marcus?«, rief meine Mutter von unten. »Bist du zu Hause?«

Gute Frage. War ich zu Hause? Oder hatte ich den Verstand verloren? Ich machte die Tür wieder auf und sah … unseren Flur. Wenn der magische Schlüssel nicht im Schloss steckte, führte die Tür nicht wieder in die Bibliothek.

»Marcus?«

»Ja?«, rief ich.

»Komm runter.«

Ich war nicht in der richtigen Stimmung für eine erneute Auseinandersetzung mit meiner Mutter. Aber sie hatte mir Brownies gebacken. Vielleicht herrschte ja gerade Waffenstillstand. Ich musste die Erinnerung an all das, was Everett mir erklärt hatte, erst abschütteln und meine Gedanken sammeln, um einigermaßen normal zu wirken. Ich zog Michael Swenors Feuerwehrabzeichen aus der Tasche meines Kapuzenpullis und legte es in meine Schreibtischschublade. Ich rieb mir das Gesicht mit den Händen, versteckte den Schlüssel unter meinem Hemd und ging die Treppe hinunter.

Mom stand mit einem breiten Lächeln im Gesicht am Fuß der Treppe. So weit, so gut.

»Was gibt's?« Ich versuchte, ganz locker zu klingen, als wäre überhaupt nichts gewesen.

»Ich möchte dich jemandem vorstellen.« Sie zog mich in Richtung Wohnzimmer. »Diese Dame überlegt, ob sie hierher in unser Viertel ziehen soll, und nun wollte sie schon mal ein paar Nachbarn kennenlernen.«

Nichts war mir im Moment so egal wie eine neue Nachbarin, aber um den Frieden aufrechtzuerhalten, spielte ich mit. Ich musste jetzt mein »Sei-höflich-zu-Erwachsenen«-Gesicht aufsetzen und so tun, als sei ich interessiert. Mom ging mit mir durch den Flur ins Wohnzimmer.

»Marcus«, sagte sie. »Das hier ist Miss Bogg.«

Eine Frau saß mit dem Rücken zu mir in unserem hohen Sessel. Als wir eintraten, erhob sie sich und wandte sich zu mir um … und ich wäre beinahe ohnmächtig geworden. Es war die alte Frau. Der Boggin. El Coco. Der Butzemann. Wie auch immer. Der Butzemann war eine Frau, und sie befand sich in unserem Haus.

»Hallo, junger Mann«, sagte sie mit der Stimme eines lieben Großmütterchens. »Sehr erfreut, dich kennenzulernen.

Kapitel 12

Ich stand einfach da und starrte die alte Frau – oder was auch immer es war – mit offenem Mund an.

Mom gab sich superfreundlich. »Na, dann unterhaltet ihr beide euch mal ein bisschen und ich hole uns was zum Knabbern.«

»Machen Sie sich wegen mir keine Umstände«, sagte die bösartige alte Dame so liebenswürdig, dass ich sie beinahe für menschlich gehalten hätte.

Aber Mom eilte schon aus dem Raum »Das sind doch keine Umstände!«, rief sie über die Schulter. »Fühlen Sie sich wie zu Hause. Marcus, sei ein guter Gastgeber.«

Ich wollte überhaupt kein Gastgeber sein, weder ein guter noch ein schlechter, und ganz bestimmt wollte ich nicht, dass sich diese Frau hier wie zu Hause fühlte. Dieses Wesen sollte einfach verschwinden. In dem Moment, in dem meine Mutter aus der Tür war, wandte mir die alte Frau ihren irren Blick zu.

»Hallo, Marcus«, sagte sie viel zu freundlich.

Mir gefror das Blut in den Adern. »Was wollen Sie hier?« Ich gab mir Mühe, mit fester Stimme zu sprechen.

»Das weißt du ganz genau«, sagte sie liebenswürdig, aber in ihrer Stimme lag etwas Ätzendes, das mir Schauer über den Rücken jagte.

Ich wich zurück, als sei sie weniger gefährlich, wenn ich mich ein paar Meter weiter von ihr entfernte. Es war schwierig, ihrem wilden Blick zu begegnen. Es fühlte sich an, als starre man in die Mündung einer doppelläufigen Flinte.

»Sie haben Michael Swenor umgebracht«, sagte ich.

Sie hob gleichgültig die Schultern, als habe ich nur gesagt, dass es möglicherweise bald regnen würde.

»Er hat nicht das getan, worum ich ihn gebeten habe«, sagte sie leichthin. »Dabei wäre meine Bitte so leicht zu erfüllen gewesen. Ich wollte den Schlüssel. Stattdessen ist er an dich übergegangen.«

Ich spürte das Gewicht des schweren Messingschlüssels um meinen Nacken.

»Warum wollen sie ihn unbedingt haben?«, fragte ich. »Damit Sie die Bibliothek zerstören können?«

Die alte Frau saß plötzlich ganz steif da, als ließe sie allein die Erwähnung der Bibliothek schon erschaudern. Das war sonderbar. Es gab etwas, wovor sich das Schreckgespenst fürchtete. Das musste ich mir merken …

»Du forderst mich heraus?«, fragte sie unwirsch. »Mich, den Inbegriff der Furcht? Jahrhundertelang hat man den Kindern versichert, ich sei nur eine Gestalt aus dem Märchen, aber in den finstersten Winkeln ihrer Fantasie wissen sie genau, dass ich doch existiere. Ich bin immer in der Nähe, lauere in ihren Träumen. Beobachte sie und warte ab. Und jetzt bin ich hier. Bei dir.«

Sie stakste langsam auf mich zu. Ich wich weiter zurück und bemühte mich dabei, keine Tische oder Lampen umzustoßen.

»Aber Sie existieren nicht wirklich«, sagte ich. »Sie wurden niemals geboren. Sie sind nur heraufbeschworen worden.«

»Nur zu einem einzigen Zweck.«

»Nein, nicht nur zu einem einzigen Zweck. Sie machen den Menschen nicht nur Angst. Sie haben Michael Swenor getötet.«

»Er war eine Gefahr. Die Bibliothek ist eine Gefahr. Ihre Agenten kennen die Wahrheit über mich und versuchen immer wieder, mich zu bannen. Willst du mir einen Vorwurf daraus machen, dass ich mich zur Wehr setze? Sie werden nicht aufgeben, wenn ich sie nicht aufhalte. Und dafür brauche ich den Schlüssel.«

Am liebsten hätte ich mir den Schlüssel vom Hals gerissen und ihn ihr gegeben. Wenn sie unbedingt wollte, dass die Geister aus der Bibliothek sie in Ruhe ließen, was ging es mich an? Ich wollte mit Everett und diesem unheimlichen Ort überhaupt nichts zu tun haben.

Um ein Haar hätte ich ihr diesen dämlichen Schlüssel gegeben und dem ganzen Albtraum auf diese Weise ein Ende bereitet, aber dann fiel mir ein, warum ich ihn überhaupt besaß. Es war der Wunsch meines Vaters gewesen. Meines richtigen

Vaters. Er war Agent der Bibliothek gewesen. Ich glaubte nicht eine Sekunde lang, dass ich es ihm gleichtun konnte, aber mein Vater hatte gewollt, dass ich es versuchte. Und deswegen stand ich einem Geist gegenüber, der die Macht hatte, mir schreckliche Angst einzujagen, und der sein Handwerk ganz offenbar beherrschte.

»Und was passiert, wenn ich Ihnen den Schlüssel nicht gebe?«, erkundigte ich mich nervös. »Wollen Sie mich dann umbringen, wie Sie Michael Swenor umgebracht haben, und ihn mir einfach abnehmen?«

Der Dämon, der sich Miss Bogg nannte, blieb abrupt stehen. Uns trennten nur noch wenige Schritte. Sie setzte sich nicht wieder in Bewegung. Und da verstand ich.

»Gib den Schlüssel heraus«, sagte ich. »Sie können ihn mir nicht abnehmen, stimmt's? Ich muss ihn freiwillig herausgeben.«

Die Frau streckte ihre knorrige, runzelige Hand mit den gelben, klauenähnlichen Nägeln aus.

»Gib ihn mir!« In ihrer harschen Stimme lag ein Hauch von Frustration.

»Tut mir leid«, sagte ich herausfordernd. »Keine Chance.«

Einige Sekunden lang starrte sie mich an. Ich wappnete mich gegen … ja, gegen was? Würde sie in mein Bewusstsein eingreifen, ein neues Trugbild schaffen, das mich bedrohte?

»Du hast recht«, sagte sie mit kaltem Lächeln. »Der Träger des Schlüssels muss ihn herausgeben. Solange du ihn trägst, wird dir nichts geschehen.«

»Das ist die beste Nachricht des Tages.«

»Das gilt jedoch nicht für die Menschen, die du liebst.«

Mir rutschte das Herz in die Hose.

In diesem Moment betrat Mom das Zimmer. »Tee ist fertig!«, verkündete sie fröhlich.

Auf einem Tablett balancierte sie die große Kupfer-Teekanne, die sie nur zu besonderen Gelegenheiten hervorholte. Sie marschierte direkt auf uns zu und hielt Miss Bogg stolz die schimmernde, orangefarbene Kanne unter die Nase.

»Den Tee habe ich auf die althergebrachte Weise aufgebrüht!«, erklärte sie stolz.

Das selbstbewusste Grinsen des Boggin erlosch und sie zuckte zurück, als stünde das Tablett in Flammen. Sie war schneller an der Tür, als ich es bei einer alten Frau für möglich gehalten hätte. Na gut, das hätte mich nicht wirklich überraschen sollen. Sie war ja gar keine richtige alte Frau.

»Miss Bogg?«, rief Mom ratlos.

Die Schreckgestalt wandte sich nicht mehr um. Sie eilte mit raschen Schritten zur Haustür und verschwand, ohne ein Wort zu sagen. Ich stand nur da wie betäubt.

Mom sah Miss Bogg entsetzt nach, dann wandte sie sich mir zu. »Was hast du zu ihr gesagt?«

Ich hatte sofort das Gefühl, mich verteidigen zu müssen. Es ist die Macht der Gewohnheit, wenn einem ständig Dinge vorgeworfen werden, die man gar nicht getan hat.

»Ich? Gar nichts.«

»Du musst doch etwas gesagt haben. Warum sollte sie sonst so überstürzt gehen?«

»Ich bin genauso überrascht wie du«, sagte ich. »Vielleicht ist sie gegen Tee allergisch.«

Moms Blick gefror. »Das ist nicht lustig. Vor einer Minute war sie noch die liebenswürdigste alte Dame der Welt und plötzlich kann sie gar nicht schnell genug von hier verschwinden. Was ist vorgefallen, während ich weg war?«

Was sollte ich machen? Ich konnte ja schlecht sagen: »Na ja, Mom, die alte Dame ist in Wirklichkeit das Schreckgespenst. Lustig, was? Der Butzemann ist in Wirklichkeit eine Frau! Wer hätte das gedacht?«

Das hätte nicht wirklich funktioniert.

»Ich schwöre dir, Mom, ich habe nichts Verkehrtes gemacht. Aber ehrlich gesagt, sie war ein bisschen gruselig. Ich bin froh, dass sie weg ist.«

»Gruselig? Ich habe noch nie jemanden getroffen, der so wenig gruselig war wie diese Frau! Hast du ihr etwa gesagt, dass du sie gruselig findest?«

»Nein. Ich meine, nicht direkt.«

»Das ist ja unglaublich!«, rief sie.

»So war es gar nicht!« Aber mehr fiel mir nicht zu meiner Verteidigung ein.

»Du gehst ihr jetzt nach und entschuldigst dich!«, verlangte Mom.

»Auf keinen Fall!«

»Los! Übernimm wenigstens die Verantwortung! Los, du kannst sie noch einholen! Jetzt sofort!«

Ich machte den Mund auf, brachte aber keinen Ton heraus. Ich hatte keine Wahl – ich musste gehen. Also rannte ich aus dem Haus. Als ich den Gehweg erreichte, der zur Straße führte, blieb ich abrupt stehen, für den Fall, dass Miss Bogg oder wie auch immer ihr richtiger Name lautete, mir auflauerte und sich gleich auf mich stürzen würde. Die Sonne war gerade untergegangen. In jedem Winkel, in jedem Schatten konnte der Boggin mir auflauern – ich konnte mich hier draußen keinen Moment sicher fühlen. Aber ich konnte auch nicht wieder ins Haus gehen. Jedenfalls nicht gleich. Also vergrub ich meine Hände in die Hosentaschen, senkte den Kopf und marschierte mit schnellen Schritten den Bürgersteig entlang, immer weiter weg von meinem Zuhause. Ich hatte kein Ziel. Ich wollte bloß nicht stehen bleiben.

Die Worte von Miss Bogg gingen mir nicht aus dem Kopf. Sie verlangte den Schlüssel, weil sie die Bibliothek zerstören wollte, und sie drohte mir damit, den Menschen, die mir lieb waren, etwas anzutun, wenn sie ihn nicht bekam. Was sollte ich tun? Meine Eltern würden mir nicht glauben. Ich konnte nicht zur Polizei gehen, denn die würden mich einliefern lassen. Ich könnte den Schlüssel herausgeben, aber würde mein biologischer Vater das wollen? Es konnte das Ende der Bibliothek bedeuten. Ich brauchte dringend jemanden, der die ganze Sache mit mir gemeinsam durchdachte.

Und da entdeckte ich Michael Swenor. Der Geist stand einen Block weiter an der Straßenecke. Ich hätte ihn vielleicht gar nicht gesehen, aber die Straßenlampe über seinem Kopf hatte sich eingeschaltet und beleuchtete die ganze Ecke. Er stand da und starrte mich mit der mir bereits vertrauten ausdruckslosen, gehetzten Miene an, vor der es mich endlos gruselte.

»Bleiben Sie stehen!«, rief ich und rannte auf ihn zu.

Er hörte nicht auf mich. Konnten Geister überhaupt etwas hören? Er wandte sich um, ging langsam den Gehsteig entlang und verschwand hinter einer Gartenhecke. Ich raste bis zur Ecke und sah in seine Richtung. Er war gar nicht verschwunden, aber er stand plötzlich drei Häuserblocks weiter vorn. Kein Mensch konnte so schnell von einem Ort zum anderen gelangen, aber ein Geist offenbar schon.

»Halt!«, schrie ich und rannte hinter ihm her.

Wieder ging Swenor langsam weiter. Ich rechnete nicht damit, dass ich ihn einholen würde, da Geister ja offenbar in Lichtgeschwindigkeit herumspringen konnten, aber ich musste es einfach versuchen. Als ich die Stelle erreichte, an der er zuletzt gestanden hatte, stellte ich fest, dass er nur einen Häuserblock entfernt mitten auf dem Gehsteig stand.

»Bleiben Sie stehen!«, rief ich und diesmal bewegte er sich nicht.

»Das ist doch Ihre Geschichte«, sagte ich. »Und ich weiß nicht, wie ich sie zu Ende bringen soll. Sie wissen doch über den Boggin Bescheid – ich weiß das. Wenn ich ihm den Schlüssel nicht gebe, greift er die Menschen an, die mir lieb sind. Was soll ich denn machen?«

Ich ging weiter, bis mich nur noch wenige Schritte von ihm trennten. So nah war ich ihm nicht mehr gekommen, seit ich ihm im Klassenzimmer zum ersten Mal begegnet war. Ich erkannte den traurigen Ausdruck in seinen Augen.

»Ich brauche Hilfe«, sagte ich, als ich zu ihm trat. »Ich schaffe das nicht allein.«

Swenor wandte sich dem Haus zu, vor dem wir standen, sah mich noch einmal an und verschwand – puff. In einer Sekunde war er noch da und sah aus wie aus Fleisch und Blut, in der nächsten Sekunde hatte er sich in Luft aufgelöst.

Ich rang nach Luft. Ja, ich glaubte an Geister, aber ich hatte mich noch nicht daran gewöhnt, dass sie vor meinen Augen plötzlich auftauchten und wieder verschwanden. Wozu sollte das gut sein? Warum hatte er sich mir wieder gezeigt? Er hatte nichts, was er mir geben konnte, und er versuchte nicht, mich zu beschützen. War mir etwas entgangen? Mein Blick fiel auf das Haus, vor das er mich geführt hatte, und ich hielt den Atem an. Er hatte mich zu Lus Wohnhaus gebracht. Ich hatte nicht die leiseste Ahnung, warum er das getan hatte, aber ich brauchte auf jeden Fall jemanden zum Reden. Lu würde mir zuhören.

»Marcus!«, rief Mrs Lu, als sie mir die Tür öffnete. »Wie um alles in der Welt geht's dir?«

Lus Eltern waren cool.

»Alles ok. Ist Lu – ich meine, ist Annabelle zu Hause?«

»Sie ist in ihrem Zimmer und macht Hausaufgaben. Hoffe ich jedenfalls. Oder vielleicht rollert sie durch den Keller. Ich habe bei diesem Mädchen keinen Überblick.«

»Darf ich denn mal nachsehen?«

»Klar. Lass dich nur nicht dazu überreden, dir Skates anzuziehen. Sie macht dich platt.«

Ich flitzte ins Haus und rannte die Treppen hoch zu Lus Zimmer. Lus Mom hatte kein Problem damit, wenn ein Junge und ein Mädchen sich allein in einem Zimmer aufhielten. Ich sage ja, sie ist cool.

Lu saß an ihrem Schreibtisch mit eingestöpseltem Kopfhörer und zeichnete.

»Hey!«, sagte ich so laut, dass sie es durch die Musik hindurch hören musste.

Sie zog die Stöpsel aus den Ohren, sah mich an und runzelte die Stirn.

»Au weia! Was ist denn passiert?«

»Warum? Sehe ich so schlecht aus?«

»Wenn ich es nicht besser wüsste, würde ich darauf tippen, dass du eine Woche lang nicht geschlafen hast.«

»Genauso fühle ich mich.«

Ich setzte mich auf das Fußende ihres Betts und redete mir zehn Minuten lang alles von der Seele: von dem kleinen Mädchen, das gar kein kleines Mädchen war; von meinem Besuch in der Bibliothek; vom neuerlichen Erscheinen des Michael

Swenor und wie er mich zu ihrem Haus geführt hatte, und schließlich auch von der wahren Identität des Boggin und wie er als alte Frau bei mir zu Hause aufgetaucht war.

Sie hörte mir zu, ohne etwas dazu zu sagen. Ich hatte ihre hundertprozentige Aufmerksamkeit – und das will bei Lu etwas heißen.

»Ich weiß nicht weiter«, sagte ich. »Wenn ich ihr den Schlüssel nicht gebe, macht sie sich an die Menschen heran, die mir lieb sind. Aber wenn ich ihn herausgebe, zerstört sie die Bibliothek, und alle Leute, deren Geschichten noch nicht zu Ende geschrieben sind, bleiben in einer Art geisterhaftem Schwebezustand gefangen.«

Lu rieb sich die Stirn und hinterließ dabei einen schwarzen Fleck, der von ihrer Zeichenkohle stammte. Sie sah auf ihr Papier und kritzelte geistesabwesend weiter. Sie ignorierte mich nicht. Sie dachte bloß nach. Nach einigen Minuten ließ sie den Kohlestift fallen und sagte: »Ich weiß nicht, was du machen sollst.«

»Das ist alles?« Ich war sauer. »Nichts? Keine Überlegungen? Keine Erkenntnis? Kein anderer Blickwinkel, aus dem ich die ganze Sache noch betrachten könnte?«

»Nein.«

»O, vielen Dank auch.« Ich stand auf und wollte gehen.

»Warte«, sagte sie schnell. »Es gibt nur eine Person, die dir helfen kann.«

Ich setzte mich wieder aufs Bett.

»Wer?«

»Dieser Everett. Der Bibliothekar.«

Ich legte mir die Hand auf die Brust und tastete nach dem Schlüssel.

»Ich möchte aber nicht wieder hingehen.«

»Das ist mir klar. Aber wenn das alles stimmt, dann wird die Sache noch viel gruseliger, wenn du nicht hingehst.«

Dagegen konnte ich nichts sagen.

»Glaubst du mir denn?«, fragte ich.

»Ich weiß nicht. Das ist eine ganze Menge Stoff. Aber ich kann mir auch nicht vorstellen, dass du das alles erfindest. Wenn ich es wirklich wissen will, gibt es für mich nur eine Möglichkeit.«

»Und die wäre?«

»Nimm mich mit.«

»Auf keinen Fall. Mein Vater hat Michael Swenor in die Bibliothek mitgenommen und du siehst ja, was passiert ist.«

Lu war verblüffend still. Das passte gar nicht zu ihr. Irgendetwas ging ihr durch den Kopf.

»Was ist?«, fragte ich.

»In der Bibliothek geht es um unvollendete Geschichten, oder? Merkwürdige Erscheinungen, die sich nicht erklären lassen? Störungen?«

»Ja, und?«

»Ungefähr vor einem halben Jahr ist meine Cousine Jenny verschwunden. Sie ist schon häufiger weggelaufen. Schon ganz oft. Sie hat eigentlich ständig Ärger. Aber diesmal ist sie irgendwie verschwunden. Alle hoffen, dass sie einfach wieder auftaucht, wie sonst auch, aber je länger es dauert, desto unheimlicher wird es. Keiner spricht es aus, aber wir haben alle Angst, dass ihr etwas Schlimmes zugestoßen ist.«

»Mann, das tut mir leid.«

»Ich frage mich einfach, ob das, was Jenny passiert ist, auch so eine … Störung war?«

Das Wort hallte in meinem Kopf nach, als hätte sie es laut gebrüllt.

»Du meinst, ihre Geschichte steht vielleicht in einem der Bücher der Bibliothek?«

Lu zuckte mit den Schultern. »Ich weiß nicht. Vielleicht. Ich würde es aber gerne erfahren.«

»Ich weiß nicht …«

»Sieh mal, der Boggin hat damit gedroht, den Leuten etwas anzutun, die dir lieb sind. Wir sind beste Freunde. Meinst du wirklich, du kannst mich dadurch schützen, dass du mich heraushältst? Ich glaube eher, ich habe jetzt schon ein Problem.«

Ich war hin- und hergerissen. Das Letzte, was ich wollte, war, Lu in Gefahr zu bringen.

»Ich sage dir noch etwas. Ich glaube, ich weiß, warum Michael Swenor dich hierhergeführt hat.«

»Wirklich? Warum?«

»Er weiß, dass du Hilfe brauchst, genauso wie garantiert auch dein Vater Hilfe gebraucht hat, als er Agent der Bibliothek war.

Sie waren Freunde. Michael Swenov hat deinem Vater geholfen. Also lass jetzt zu, dass ich dir helfe.«

»Aber ich möchte nicht, dass dir etwas passiert.«

»Dann bring mich in die Bibliothek und gib mir die Chance, mich selbst zu schützen. Wer weiß? Du tust mir damit vielleicht einen Gefallen.«

Ich fasste in den Ausschnitt meines T-Shirts und zog die Schnur über den Kopf. »Aber wenn dir etwas passiert ...«

»Ich kann selbst auf mich aufpassen.« Sie sprang zu ihrem Schreibtisch, griff nach den Handschützern, die zu ihrer Rollerderby-Ausrüstung gehörten, und streifte sie über. »Nur für den Fall, dass ich jemandem auf die Nase hauen muss.«

Lu war ein harter Brocken, aber wenn sie glaubte, man könne dem Boggin einfach eins auf die Nase geben, dann träumte sie.

»Gute Idee«, sagte ich trotzdem. Warum sollte ich sie aus diesem Traum herausreißen?

»Dann gehen wir!« Sie war ganz aufgeregt.

Ich ging auf die Zimmertür zu und spürte, wie sich der Schlüssel in meiner Hand erwärmte. Lu stellte sich hinter mich und ich hob den Schlüssel in Richtung Türknauf. Unter dem Knauf erschien der schwarze Fleck und verwandelte sich rasch in das Schlüsselloch.

»Und weg ist er«, sagte Lu verblüfft.

»Wer ist weg?«

»Der geringste Zweifel, dass das alles wahr sein könnte.«

»Warte ab, das ist erst der Anfang.«

Ich steckte den Schlüssel ins Schloss, drehte ihn, bis die Bolzen klickten, und öffnete die Tür zur anderen Welt.

Kapitel 13

Als wir die Bibliothek betraten, erwartete uns Everett direkt an der Tür. Er wirkte verstört und trat ungeduldig von einem Bein auf das andere. Vielleicht musste er zur Toilette. Gingen Geister überhaupt aufs Klo?

»Es wird Zeit, dass du zurückkommst«, sagte er kurz angebunden. »Kommt mit.«

Er wandte sich um und marschierte in den Bibliothekssaal. Ich ging ihm nach. Dann fiel mir aber ein, dass Lu zum ersten Mal an diesem übernatürlichen Ort war. Ich blieb stehen und sah mich nach ihr um. Sie stand noch immer in der Tür und war vollkommen erschüttert.

»Alles klar bei dir?«

»Ich habe zwar gesagt, ich würde dir glauben, aber das hat nicht wirklich gestimmt.«

Sie sah sich mit weit aufgerissenen Augen um, als hätten wir soeben eine andere Dimension betreten – und genau das war ja auch der Fall.

»Ich weiß, es ist verrückt«, sagte ich. »Aber hier gibt es nichts, wovor man sich fürchten müsste. Glaube ich jedenfalls. Aber beim wirklichen Leben da draußen bin ich mir nicht so sicher.«

Everett stürmte auf uns zu.

»Was dauert denn so lang?« Er verschloss die Tür hinter Lu. Ich zeigte auf Lu. Everett nahm sie jetzt erst zur Kenntnis und wurde ein bisschen gnädiger.

»Annabella Lu. Ich freue mich, dich kennenzulernen, junge Dame. Ich habe schon eine Menge über dich gelesen. Ich verspreche, hier drin findest du nichts, was dich überfordern würde.«

»Im Ernst?«, erwiderte Lu. »Das hier ist eine übernatürliche Bibliothek voller unvollendeter Geschichten, die von Geistern verfasst wurden. Zeit hat hier keine Bedeutung und der Butzemann versucht, hier alles hochgehen zu lassen. Was von alledem soll mich denn nicht überfordern?«

»Ich verstehe, was du sagen willst«, meinte Everett mitfühlend. »Es wird wohl ein Weilchen dauern, bis du alles begreifen kannst. Aber keine Sorge, wir werden dir helfen.« Er wandte sich um, weil ihm offenbar noch etwas eingefallen war. »Ach so, du hast noch was vergessen: Du befindest du dich in Lebensgefahr, weil du eine Freundin von Marcus bist.«

Er bedachte sie mit einem kurzen Lächeln, dann eilte er weiter. Lu warf mir einen gequälten Blick zu.

»Er will mir also helfen.«

»Irgendetwas bereitet ihm Sorgen.«

»Gut. Dann geht es uns ja allen gleich.«

»Komm schon.« Ich nahm ihre Hand und zog sie weiter. Sie blieb immer wieder stehen und starrte in die schier endlosen Gänge zwischen den Bücherregalen. Everett erwartete uns hinter seiner Ausleihtheke. Vor sich hatte er mehrere aufgeschlagene Bücher liegen.

»Gute und schlechte Nachrichten«, sagte er. »Ich habe verschiedene Geschichten über den Butzemann gefunden. Sieht so aus, als wäre er im Laufe der Geschichte immer wieder aufgetaucht, und jedes Mal, wenn dies der Fall war, hat er jemandem so viel Kummer bereitet wie jetzt dir.«

»Ist das die gute oder die schlechte Nachricht?«, wollte ich wissen.

»Das hier ist eine Geschichte mit einem Ende.« Er schob uns ein Buch zu. »Lest den Abschnitt, den ich angestrichen habe.«

Lu und ich lasen still:

Die Druiden ahnten nicht, wie mächtig das grauenvolle Wesen war, das sie heraufbeschworen hatten. Dennoch erdachten sie in ihrer Weisheit auch eine Möglichkeit, den Geist in Schach zu halten, um ihn nur dann beschwören zu kommen, wenn sie dies wünschten. Sie schufen ein Gefäß aus einem Element, das im Überfluss vorhanden und leicht zu beschaffen war. Da sich dies in der Bronzezeit ereignete, fiel die Wahl auf Kupfer. Dieses Metall bricht die Macht des

Geistes. Im Laufe der Jahrhunderte veränderte sich immer wieder die Form des Gefäßes, aber ein Verschluss aus Kupfer sorgte dafür, dass das Phantom darin gefangen war. Nur wenn ein Sterblicher das Siegel aufbrach, konnte der Geist das Gefäß verlassen und sich frei bewegen.

»Kupfer!«, rief ich. »Meine Mutter hat Miss Bogg Tee aus einer kupfernen Teekanne angeboten. Die alte Hexe hat so einen Satz gemacht, als wäre die Kanne aus Knoblauch und sie selbst ein Vampir.«

»Das ist übrigens reine Erfindung«, sagte Everett.

Wir beide sahen ihn fragend an.

»Knoblauch und Vampire«, sagte Everett unschuldig. »Stimmt nicht.«

»Sie wissen etwas über Vampire?«, fragte ich.

Everett zuckte mit den Achseln. »In der Bibliothek gibt es alle möglichen Geschichten.«

»Im Ernst?« Lu wirkte auf einmal zimperlich. »Ach egal, antworten Sie am besten gar nicht. Ich will es nicht wissen.«

»Und das ist die gute Nachricht?«, fragte ich skeptisch. »Wir müssen sie dazu bringen, in eine Kupferteekanne zu springen?«

»Nicht wir«, sagte Everett. »Ihr. Ich kann ja nicht hier weg, du erinnerst dich?«

»Dann ist die gute Nachricht nicht so gut«, stellte Lu fest.

»Aber natürlich ist sie das!«, rief Everett. »Sie bedeutet, dass es eine Möglichkeit gibt, diesen grauenvollen Geist aufzuhalten. Es steht alles in den Büchern. Öfter als ich zählen kann, ist der Boggin entwichen und hat für Ärger gesorgt, aber genauso oft ist er wieder eingefangen worden. Das beweist, dass es möglich ist.«

»Okay«, sagte ich. »Das ist schon gut, aber nur ein bisschen. Und was ist die schlechte Nachricht?«

Everetts Miene verfinsterte sich.

»Ein Buch der Bibliothek fehlt«, sagte er mit leiser Stimme, die gleichzeitig verschämt und sorgenvoll klang. »Ich habe es entdeckt, als ich nach Geschichten über den Boggin suchte. Eine der unvollendeten Geschichten ist weg.«

»Und warum ist das so schlimm?«

»Weil es die letzte Geschichte ist, die über den Boggin geschrieben wurde. Das bedeutet, dass wir es mit zwei Geschichten zu tun haben. Es steht mehr auf dem Spiel, als ich geahnt habe. Und ohne jenes Buch können wir das Ausmaß der ganzen Sache nicht einmal erahnen.«

»Wie kann den ein Buch unbemerkt verschwinden?«, fragte Lu. »Sie notieren sich doch hier sicher alles?«

»Wenn du damit meinst, ob ich Leseausweise ausstelle und jedes Buch mit einem Rückgabestempel versehe, nein«, sagte Everett geduldig.

»Dann finden wir es nie«, sagte ich.

Everett nahm die Brille ab und wischte sich über die Augen. Konnten Geister müde werden?

»Da wäre ich mir nicht so sicher«, sagte er. »Ich kann mir denken, wer es genommen hat.«

»Wer denn?«, fragte ich.

»Dein Vater, Marcus. Jim Roxbury.«

Jetzt verlor ich die Fassung. »Was? Wann denn?«

»Es muss einige Zeit vor seinem Tod gewesen sein«, sagte Everett. »Wie lange ist das nun her?«

»Zwölf Jahre«, sagte ich schnell.

»Das Buch ist seit zwölf Jahren verschwunden?«, fragte Lu. »Das kostet aber eine gesalzene Strafgebühr.«

»Warum hätte er ein Buch über den Boggin mitnehmen sollen?«, fragte ich. »War er denn damals schon ausgebrochen?«

»Das ist möglich«, sagte Everett. »Ohne dieses Buch wissen wir es nicht.«

»Und woher wissen Sie so genau, dass es mein Vater war? Vielleicht hat einer der anderen Agenten es mitgenommen.«

»Unmöglich.« Everett schüttelte den Kopf. »Dein Vater war der letzte sterbliche Agent der Bibliothek. Ich meine, bis der Schlüssel an dich übergegangen ist.«

»Moment mal!«, rief ich. »Das heißt, es gibt nicht eine Menge weiterer Agenten, die herumrennen und Geschichten beenden?«

»Ach, im Laufe der Zeit hat es viele Agenten gegeben«, erwiderte Everett. »Und es werden noch viele folgen. Aber jetzt im Moment bist du der Agent, mein Junge.«

»Wow«, murmelte Lu. »Du Glückskind.«

»Ich bin also ganz allein?«

»Nicht ganz. Du hast schon etwas gemacht, was auch dein Vater getan hat. Er hat Freunde mit einbezogen, die ihm geholfen haben.«

Er sah Lu an. Ich sah Lu an. Sie sah aus, als sei ihr übel.

»Wow«, murmelte sie wie betäubt. »Ich Glückskind.«

»Es wäre schon gut, wenn die gute Nachricht ein bisschen besser wäre«, murmelte ich.

»Ich bin ja hier und helfe euch«, sagte Everett. »Mit all diesen Büchern kann ich euch die Geschichte so ziemlich jedes übersinnlichen Ereignisses erklären, das jemals aufgeschrieben wurde. Das Einzige, was ich nicht kann, ist, die Bibliothek verlassen.«

»Genau, weil Sie ja ein Geist sind«, sagte Lu tonlos. »Huch!«

Ein Gedanke, der mir überhaupt nicht gefiel, drängte sich in mein Bewusstsein, aber es gelang mir auch nicht, ihn beiseitezuschieben. Je mehr ich darüber nachdachte, desto mehr krampfte sich mein Magen zusammen. Ich musste mich auf einen Schemel setzen, denn mir wurde richtig schwindlig.

»Was ist los mit dir, mein Junge?«, fragte Everett besorgt.

»Es könnte alles noch viel schlimmer sein.« Ich überlegte angestrengt. »Meine Eltern sind vor zwölf Jahren gestorben. Ein plötzlicher Sturm hat ihr Segelboot zum Kentern gebracht. Wenn mein Vater gegen den Boggin gekämpft hat …«

Ich sah Everett an und hoffte, er hätte eine logische Erklärung, warum das nicht sein konnte. Aber seine Miene verriet etwas anderes.

»Möglich, dass du auf der richtigen Spur bist«, sagte er sanft.

»Ist das möglich?«, fragte Lu.

»Ja, ist es«, sagte ich mit leiser Stimme. »Es kann sein, dass der Boggin meine Eltern umgebracht hat.«

Die Worte hallten durch die alte Bibliothek.

»Wir können es erst mit Sicherheit sagen, wenn wir das Buch haben«, sagte Everett.

»Wir finden es«, sagte ich mehr zu mir selbst als zu den anderen. »Wir müssen es finden.«

»Und wo fangen wir an?«, fragte Lu.

»Mit dem Mann, der meinem Vater geholfen hat. Michael Swenor.«

»Aber ist der nicht … tot?«, fragte Lu.

»Ja, schon. Aber vielleicht weiß seine Frau etwas über das Buch.«

Ich sprang auf und ging in Richtung Tür.

»Marcus!«, rief Everett mir nach. »Ich weiß, ich muss das eigentlich nicht sagen, aber – sei vorsichtig. Nach allem, was ich über dieses Wesen gelesen habe, ist es ja nicht unbedingt freundlich.«

»Das sagen Sie so, als wüsste ich das nicht schon längst.«

Lu folgte mir zur Tür. Ich wollte sie gerade öffnen, da fiel mir etwas ein. »Moment, wir haben ja noch gar nicht nach der Geschichte deiner Cousine gefragt.«

»Das ist schon in Ordnung«, sagte Lu. »Immer ein Rätsel nach dem anderen.«

»Bist du dir sicher?«, fragte ich.

»Ja, komm, wir nehmen es zuerst mit dem einen Schreckgespenst auf und danach mit den anderen.«

Ich nickte dankbar, öffnete die Tür und trat in Lus Zimmer. Als sie die Tür geschlossen hatte, riss ich sie gleich wieder auf, um ihr zu zeigen, dass sie jetzt wieder in ihren Flur führte.

»Völlig durchgeknallt«, stellte Lu fest.

Ich schnappte mir mein Handy und gab Lillian Swenors Nummer ein. Es klingelte viermal, dann schaltete sich ein Anrufbeantworter ein.

»Hallo!«, meldete sich eine fröhliche Männerstimme.

Ich wollte gerade auflegen, weil ich dachte, ich hätte mich verwählt, dann erst verstand ich. Es war die Stimme von Michael Swenor.

»Das ist der Anschluss der Familie Swenor«, sagte er.

Eine Kinderstimme – es musste wohl die von Alex sein – folgte: »Bitte hinterlassen Sie eine Nachricht nach dem Piepton. Piep!«

Ich war sprachlos. Gerade hatte ich die gut gelaunten Stimmen von Vater und Sohn gehört, die damals noch nicht ahnen konnten, dass sich ihr Leben tiefgreifend verändern würde. Oder in Michaels Fall: dass es enden würde.

»Sag was«, kommandierte Lu.

»Ähm – hi, Mrs Swenor. Hier ist Marcus O'Mara. Ich suche nach einem Buch, das meinem Vater gehört hat. Meinem biologischen Vater. Er hat es vielleicht Ihrem Mann zur Aufbewahrung gegeben. Es ist ziemlich wichtig – wenn Sie etwas darüber wissen, könnten Sie mich dann bitte unter dieser Nummer zurückrufen?«

Ich drückte schnell auf »Auflegen« und starrte auf das Telefon.

»Okay, und was machen wir jetzt?«, fragte Lo.

»Ich gehe jetzt lieber nach Hause. Morgen ist Samstag. Ich denke darüber nach und ruf dich gleich morgen früh an.«

»Denk lieber schnell«, sagte Lu.

Lu begleitete mich nach unten, aber ich blieb vor der Tür stehen, weil ich ihr noch etwas sagen wollte.

»Ich – es tut mir leid, Lu. Ich hätte dich da nicht mit reinziehen sollen. Ich wusste einfach nicht, an wen ich mich sonst hätte wenden sollen.«

»Ich war da schon reingezogen. Schließlich bin ich deine Freundin. So viele Freunde hast du ja nicht.«

»O, danke vielmals«, sagte ich sarkastisch, aber sie hatte ja recht.

»Außerdem«, fügte sie hinzu, »kann die Bibliothek mir ja vielleicht auch helfen.«

»Hoffentlich. Bleib heute Abend bei deiner Familie. Gemeinschaft macht stark.«

»Du auch. Es ist kein guter Moment für einen Krieg mit deinen Eltern.«

»Ich bin immer im Krieg mit meinen Eltern«, sagte ich. »Heute ist das auch nicht anders.«

»Ja, aber jetzt kämpfst du gegen etwas, das wesentlich gefährlicher ist.«

Sie hatte absolut recht. Ich befand mich im Krieg und alle, die ich kannte und mochte, waren davon betroffen … und das hatten sie mir zu verdanken.

Ich konnte nur hoffen, dass ich diesem Kampf gewachsen war.

Kapitel 14

Die Sonne war schon lange untergegangen und die Straße lag im Dunkeln. Je weiter ich mich von Lus Haus entfernte, desto klarer wurde mir, dass das ein gruseliger Heimweg werden würde. Ich blickte ständig über meine Schulter und rechnete damit, in das grauenhafte Antlitz der monsterhaften alten Dame zu blicken, die sich von hinten an mich anpirschte. Jedes Mal, wenn sich ein Auto näherte, versteckte ich mich hinter einem Baum und wartete, bis es vorbeigefahren war. Ein frostiger Spätherbst-Wind schüttelte die Äste, die mich an knorrige Klauen erinnerten. Es kam mir so vor, als streckten sie sich nach mir aus und wollten mich packen.

Das Warten auf etwas Schreckliches ist die allerschlimmste Folter. Jeder Schatten wird zum Gespenst. Jedes Geräusch kündet von einer eventuellen Gefahr. Als ich zu Hause ankam, war ich fix und fertig. Mein Herz raste und ich war vollkommen außer Atem, obwohl gar nichts Merkwürdiges passiert war. Dann klingelte mein Handy. Es war Theo.

»Hey«, sagte ich. »Ich komme gerade nach Hause und …«

»Sie ist da.« Theos Stimme war nur ein angestrengtes Flüstern, anders als alles, was ich jemals von ihm gehört hatte.

»Was meinst du? Wer ist da?«

»Sie ist es.« Es klang, als würde er jeden Moment in Tränen ausbrechen. »Sie ist unten und unterhält sich gerade mit meinen Eltern.«

»Hast du mit ihr geredet?«

»Nein. In dem Moment, in dem ich sie gesehen habe, bin ich nach oben gerannt und habe mich in meinem Zimmer versteckt«, flüsterte er fast panisch. »Unter meinem Bett. Ich weiß nicht, was ich tun soll, Marcus. Wenn du ihr den Schlüssel nicht gibst, werden noch mehr Menschen sterben. Damit hat sie doch gedroht, oder?«

»Niemand wird sterben«, sagte ich mit fester Stimme. »Ich komme rüber. Bleib am Telefon.«

Die McLeans wohnten nur wenige Straßen von uns entfernt. Ich rannte den Gehweg entlang und legte die Strecke in Rekordzeit zurück. Dabei hielt ich mein Telefon ans Ohr und lauschte auf Theos panisches Atmen.

»Geh zur Tür, Theo«, sagte ich. »Versuche zu verstehen, worüber sie reden.«

»Ich kann nicht.« Er jammerte wie ein ängstlicher Zweijähriger. »Bitte, ich will nicht, dass meiner Familie etwas passiert. Oder mir selbst.«

»Sie ist doch gar nicht hinter dir her«, keuchte ich, »sondern hinter mir.«

»Nicht hinter dir, hinter dem Schlüssel! Gib ihr doch diesen blöden Schlüssel!«

Mir drehte sich beinahe der Magen um. In Theos Stimme lag eine solche Angst! Das war alles meine Schuld. Ich wollte nicht, dass jemandem etwas passierte. Aber wenn ich ihr den Schlüssel gab, war das, als würde ich einen Pakt mit dem Teufel schließen. Was würde alles Schreckliches passieren, wenn dieser Dämon die Kontrolle über die Bibliothek übernahm?

»Jetzt passiert was.« Theos Panik wuchs. »Ich glaube, das Haus wackelt. Was ist denn das?«

»Halt durch. Ich bin gleich da«, sagte ich. Ich überquerte eine Straße und sprang auf den Gehweg.

»Das fühlt sich an wie … Mist, Marcus! Das ist ein Erdbeben!«

»Lauf ins Freie!«, befahl ich. »Sofort! Lauf die Treppe runter, schnapp dir deine Familie und verlasst alle das Haus!«

»Sie lässt uns bestimmt nicht!«

»Sie ist ein Geist, Theo. Sie kann euch nicht daran hindern. Lauf ins Freie!«

»Ich habe zu große Angst!«

Ich bog um die Ecke und sah das Haus von Theos Familie. Es sah unserem recht ähnlich: zwei Stockwerke, vor dem Eingang eine Rasenfläche. Ich spürte nicht, dass der Boden bebte, aber mir fiel auf, dass das Gras so hoch war, als sei es seit Monaten nicht gemäht worden. Dichtes grünes Gras überwucherte sogar den Gehweg, der zur Haustür führte. Das sah den McLeans gar nicht ähnlich.

»Vielleicht ist das nicht real, Theo, aber du darfst kein Risiko eingehen«, sagte ich ins Telefon. »Komm unter dem Bett vor und ...«

Plötzlich erhob sich ein heftiger Sturm, er drückte das Gras flach und warf mich beinahe um. Kracks! Die dicken Äste einer stämmigen Eiche neben dem Haus bogen sich im Wind. Der jahrhundertealte Baum kämpfte gegen die gewaltige Kraft. Alle Blätter wurden abgerissen und fortgeblasen. Es blieben nur kahle Äste.

»Du musst da raus, Theo!«, schrie ich ins Telefon und rannte auf das Haus zu.

Ich kämpfte mich durch das hohe Gras, aber auf halber Strecke zur Tür stolperte ich über etwas, das am Boden verborgen lag. Ich fiel nach vorne und landete mit voller Wucht auf meinem Brustkorb. Der heftige Aufprall nahm mir den Atem. Ich lag da, schnappte nach Luft und spürte, wie etwas an meinen Füßen zerrte. Das, worüber ich gestolpert war, war noch nicht fertig mit mir. Ich hatte das Gefühl, als packten gierige Hände meine Knöchel und versuchten, mich vom Haus wegzuziehen. Ich wehrte mich mit Fußtritten gegen die unsichtbare Kraft, versuchte verzweifelt, ihr zu entkommen.

Kracks! Der Stamm der riesigen Eiche neigte sich zur Seite. Auf keinen Fall konnte sie dieser gewaltigen Kraft noch lange standhalten.

»Theo!«, schrie ich.

Kracks! Der Baum hatte den Kampf verloren. Mit einem

durchdringenden Geräusch, das laut genug war, um das Windgeheul zu übertönen, fiel der Baum zur Seite. Die 30 Meter hohe Eiche brach weit unten am Stamm mit einem letzten, nervenzerfetzenden Knacken und kippte in Richtung Haus. Ich konnte mich dem Haus nicht nähern. Ich wälzte mich, so schnell ich nur konnte, zur Seite, in der Hoffnung, der Baum würde nicht direkt auf mir landen. Mit einem ungeheuren Krachen, das an eine Explosion erinnerte, durchschlug der Baum das Dach direkt über Theos Zimmer.

»Theo!«, brüllte ich ins Telefon. Keine Antwort.

Ich kämpfte mich auf die Füße, trat nach den unsichtbaren Händen, die unten im hohen Gras nach mir griffen, und rannte in Richtung Tür. Der riesige Baum lag in einem Winkel von 45 Grad auf dem Gebäude. Er hatte das Dach durchschlagen, aber das obere Stockwerk hatte seinen Fall aufgehalten. Ich wollte einfach nicht glauben, dass Theo etwas passiert war. Ich musste ihn da rausholen. Endlich hatte ich mich bis zum Haus durchgeschlagen und konnte die Eingangstür aufreißen.

»Ich bin's, Marcus!«, rief ich.

Ich hoffte so, Theo, seine Eltern, seine Geschwister würden auf mich zulaufen. Niemand antwortete.

»Oder noch mehr werden sterben.« Genau damit hatte der Boggin gedroht. Das hier war tatsächlich ein Krieg. Ich rannte auf die Treppe zu und nahm zwei Stufen auf einmal. Theos Zimmer befand sich am Ende eines langen Flurs. Als ich das zweite Stockwerk erreicht hatte, konnte ich keinen Schaden erkennen. Der Baum war direkt auf Theos Zimmer gefallen und seine Tür war geschlossen.

»Theo!«, schrie ich. Er war vielleicht eingeklemmt! Oder noch Schlimmeres. Ich ging einen Schritt auf sein Zimmer zu, blieb aber stehen, weil die Tür aufflog und jemand herausgerannt kam. Es war Theo. Unverletzt.

»Was ist denn das?«, schrie er panisch.

»Wir müssen hier raus!«, rief ich zurück. »Los!«

Theo rannte auf mich zu.

»Was ist mit meiner Familie?«

»Die finden wir«, sagte ich. »Los, komm runter und raus aus …«

Bumm! Bumm! Bumm!

Die Türen zu beiden Seiten des Korridors barsten aus ihren Rahmen, als wäre in jedem der Zimmer eine Bombe explodiert. Eine der Türen erwischte Theo und schleuderte ihn gegen die Wand.

Ich war so verblüfft, dass ich mich nicht mehr rühren konnte. Was war denn das? Noch bevor ich meine Gedanken wieder einschalten konnte, krochen dicke Lianenarme aus jedem Raum, schlängelten sich durch den Korridor wie monsterhafte Würgeschlangen. Es waren dicke Ranken, von Rinde und Blättern bedeckt, die einen eigenen Willen hatten. Sie krochen ins Treppenhaus, tasteten nach Beute. Theo.

»Marcus!«, rief Theo voller Angst.

Theo war auf den Bauch gefallen. Er versuchte, auf die Füße

zu kommen, aber eine Liane hatte sich um seinen Knöchel gelegt und zog ihn in sein Zimmer, schleifte ihn über den Fußboden. Es war, als greife der umgestürzte Baum ins Haus hinein und suche nach Opfern.

»Hilfe!«, schrie Theo.

Jetzt kam ich wieder zu mir. Ich rannte durch den Korridor, setzte über die geborstenen Türen und stolperte über die ständig wachsenden Ranken, die das Treppenhaus allmählich ausfüllten. Theo streckte mir eine Hand entgegen, ich packte sie.

»Bitte, es darf mich nicht kriegen!«, schrie er.

Ich zog ihn mit einer Hand näher, griff mit der anderen nach den Ranken, um seinen Fuß zu befreien. Sie waren äußerst tückisch, aber es gelang mir, Theos Knöchel zu befreien und meinen Freund auf die Füße zu zerren. Wir klammerten uns aneinander und kämpften uns zur Treppe durch. Es war, als schlügen wir uns durch einen dichten Dschungel – die belaubten Lianen wuchsen immer weiter, füllten das ganze Treppenhaus aus. Es fühlte sich an, als sei jede von ihnen eine Hand, die uns packen wollte, die versuchte, uns fortzuzerren, unserem Schicksal entgegen.

Angst und Adrenalin halfen bei der Flucht zur Treppe und dann nach unten. Die Ranken verfolgten uns, griffen nach uns, wollten uns aufhalten. Wir rannten direkt durch die Haustür, sprangen ins Freie und kämpften uns durch das hohe Gras, bis wir den Gehweg erreichten. Theo ließ sich auf den Asphalt fallen und rang nach Luft

»Meine Familie!«, rief er atemlos.

»Ich weiß.« Ich angelte nach meinem Handy. »Ich wähle den Notruf.«

Theo zog mich zu sich hinunter, sodass wir uns auf einer Höhe befanden, und sah mir eindringlich, voller Angst und Verzweiflung, in die Augen.

»Gib ihr den Schlüssel«, bettelte er mit Tränen in den Augen. »Oder noch mehr werden sterben.«

»Ja, mach ich.« Ich kämpfte selbst gegen die Tränen. »Mach ich. Aber zuerst hole ich Hilfe.«

»Gut, gut. Danke.« Er klang erleichtert.

Ich zog mein Telefon hervor und wollte gerade die Notrufnummer eingeben … Dann zögerte ich. Mir war etwas aufgefallen. In Windeseile ging ich gedanklich noch einmal alles durch, was geschehen war, und versuchte, es zu verstehen. Da stimmte etwas nicht, und damit meinte ich nicht nur, dass tödliche Killerranken gerade Theos Zuhause übernommen hatten.

»Oder noch mehr werden sterben«, sagte ich und sah auf Theo hinunter. »Woher weißt du das denn?«

»Sie ist böse«, sagte Theo.

»Ja, aber woher weißt du, dass sie das gesagt hat? Und genau mit diesen Worten? Ich habe es dir nicht erzählt.«

»Doch, hast du!«, winselte Theo.

»Nein, habe ich nicht. Woher weißt du es, Theo?«

Theo sah mich flehend an, aber dann veränderte er sich plötzlich. Seine Miene entspannte sich. Angst und Panik wichen aus seinem Blick. Er hörte auf zu keuchen, wischte sich die Tränen aus den Augen und lachte. Ja, er lachte. Einen Moment lang dachte ich, er sei völlig durchgedreht.

»Woher weißt du davon, Theo?«, drängte ich.

Theo setzte sich gerade hin, zuckte mit den Achseln und verschwand. Er löste sich einfach in Luft auf. Aus dem Haus hörte ich eine Stimme.

»Nächstes Mal könnte dies alles Wirklichkeit sein!«

Ich warf einen Blick auf das zerstörte Haus und erkannte eine Gestalt, die vor der aufgerissenen Tür stand, umgeben von einem Rankendschungel. Die alte Frau, der Boggin.

»Gib den Schlüssel heraus«, sagte sie und streckte mir die Hand entgegen.

Ein Dutzend Gefühle übermannten mich. Zuerst kam die Erleichterung, aber darauf folgte ganz schnell Zorn. Dieser Dämon quälte mich. Er war böse. Man musste ihn aufhalten.

»Du kannst mich mal!«, schrie ich.

»Dann hast du deine Wahl getroffen.« Sie klang verärgert.

Die schattengleiche Erscheinung der Hexe verwandelte sich in weißen Rauch, der nach oben stieg. Dutzende dicke, sich windende Ranken erhoben sich und folgten ihr wie die Ratten dem Rattenfänger von Hameln. Sie schlängelten sich aus dem Haus, reckten sich nach oben, bis auch sie im nächtlichen Sternenhimmel verschwunden waren.

Ich wandte mich dem Haus zu und sah – dass damit alles in Ordnung war. Keine geborstenen Fenster. Kein hohes Gras.

Und die riesige Eiche stand aufrecht und stolz da, wo sie immer gestanden hatte. Ich musste gar nicht erst auf meinem Anrufprotokoll nachsehen, um das zu verstehen. Theo hatte mich gar nicht angerufen. Die ganze Sache war eine Täuschung gewesen, inszeniert allein für mich … eine echte Horrorshow.

»Hey, Marcus!«, hörte ich eine Mädchenstimme rufen.

Der Volvo der McLeans rollte in die Einfahrt. Mr und Mrs McLean saßen vorne, Theo und seine kleine Schwester Claire auf der Rückbank. Claire lehnte sich aus dem Fenster, winkte mir zu.

»Wir haben noch Pizza übrig! Willst du?«

Theo stieg aus und kam auf mich zu, er zupfte sich am Ohr. Er wusste, dass etwas nicht stimmte.

»Nein, danke!«, rief ich Claire zu.

»Alles in Ordnung?«, fragte Theo. »Was machst du hier?«

Ich schaffte es nicht, jetzt Theo gegenüberzutreten. Von Anfang an hatte er ja nicht geglaubt, dass das alles wirklich geschah. Wie konnte ich ihm da klarmachen, dass er sich vorsichtig verhalten sollte?

»Alles ok«, sagte ich. »Aber wir müssen reden. Morgen.«

»Ähm, gut. Aber bist du dir sicher, dass bei dir alles ok ist?«

»Bei mir ist überhaupt nichts ok«, sagte ich, wandte mich um und machte mich auf den Heimweg … ohne die leiseste Idee, wie ich mit der bösen Macht des Boggin umgehen sollte, die von Minute zu Minute stärker wurde.

Kapitel 15

Als ich mich endlich ins Haus geschleppt hatte, saßen Mom und Dad im Wohnzimmer und warteten auf mich. Dad sprang sofort auf und verzog sich in die Küche.

»Ich fang schon mal mit dem Abendessen an!«, sagte er.

»Wir müssen reden, Marcus«, sagte Mom.

Oje. Diese Worte führten in der Regel zu nichts Gutem. Nichts konnte ich im Moment weniger brauchen als eine Auseinandersetzung mit meiner Mutter … Aber hatte ich eine Wahl? Ich setzte mich ihr gegenüber auf die Couch, ohne ein Wort zu sagen. Am liebsten hätte ich ihr mein Herz ausgeschüttet, aber mir war klar, dass sie mir nicht glauben würde. Es würde die Sache nur noch schlimmer machen.

Mom wirkte nervös. Das passte gar nicht zu ihr. Normalerweise platzte sie mit allem heraus, was sie beschäftigte. Und jetzt hatte ich den Eindruck, als suche sie krampfhaft nach den richtigen Worten.

»Zwischen uns ist es in letzter Zeit nicht so gut gelaufen«, sagte sie.

Als wäre mir das noch nicht aufgefallen …

»Ich möchte dir sagen, dass … dass es mir leidtut.«

Hoppla. Damit hatte ich nicht gerechnet. Plötzlich war ich sehr gespannt auf das, was sie mir zu sagen hatte.

»Was denn?«, fragte ich überrascht.

»Das, was ich gestern gesagt habe. Ich hoffe, du weißt, dass ich es nicht so gemeint habe. Ich war sauer und habe einen Fehler gemacht.«

Ich konnte nur mit den Achseln zucken, denn um ehrlich zu sein, glaubte ich, dass sie es genau so gemeint hatte.

»Wir haben alle unsere Erwartungen an den anderen«, sagte sie. »Aber es ist nicht fair, den anderen an diesen Erwartungen zu messen. Ich würde jetzt nicht behaupten, dass ich mit allem einverstanden bin, was du in letzter Zeit getan hast, aber ich möchte versuchen, ein bisschen offener zu sein. Du wirst langsam erwachsen, Marcus. Dein Vater und ich tun unser Bestes, um dir so lange zur Seite zu stehen, bis der Zeitpunkt gekommen ist, an dem du uns nicht mehr brauchst. Bis dahin möchte ich versuchen, dir besser zuzuhören als bisher.«

Ich saß da wie betäubt. Obwohl das unmöglich erscheint – die Gedanken an den Boggin waren plötzlich verflogen. Meine Mutter hatte noch nie so offen mit mir geredet. Mann, sie hatte noch nie zugegeben, dass sie einen Fehler gemacht hatte. Niemals. Kein Wunder, dass es ihr schwerfiel, die richtigen Worte zu finden.

»Ich, ähm, ich weiß nicht, was ich dazu sagen soll«, murmelte ich schließlich. »Ich weiß, du denkst, dass ich manche Dinge nur tue, um euch zu ärgern, aber das stimmt nicht. Jedenfalls nicht immer.«

Jetzt musste sie sogar ein bisschen schmunzeln.

»Ich weiß. Ich lasse mich ja auch leicht ärgern. Es gehören immer zwei dazu.«

»Und was meint Dad?«, fragte ich.

Sie schielte in Richtung Küche. Ich sah ebenfalls hin und erhaschte noch einen Blick auf Dad, der hastig den Kopf einzog und um die Ecke verschwand. Ertappt. Er hatte gelauscht.

»Er ist derjenige, der mich darauf hingewiesen hat, wie schwierig ich selbst manchmal bin. Ich gebe zu, ich höre auch nicht immer auf ihn, aber diesmal habe ich auf ihn gehört. Ich verspreche dir, dass wir es versuchen, und ich hoffe, du versuchst es auch.«

»Was hat sich verändert?«

»Ich weiß nicht.« Sie zuckte mit den Achseln. »Ich hatte einfach das Gefühl, dass wir dich verlieren.«

Diese Worte trafen mich wie ein Schlag. So oft wir uns auch an die Gurgel gegangen waren, ich hatte uns immer als Familie betrachtet. Der Gedanke, dass das zerbrechen könnte, war mir nie gekommen. Nicht wirklich. Plötzlich stellte ich mir vor, wie es war, an einem Trapez dahinzufliegen … ganz ohne Netz. Das gefiel mir gar nicht.

Ich glaube, Mom kämpfte mit den Tränen.

»Ich möchte nicht, dass du dich änderst, Marcus. Ich möchte nur, dass wir ehrlich zueinander sind.«

»Dann habe ich schlechte Neuigkeiten für dich«, sagte ich.

Sie setzte sich gerade hin.

»Was denn?«, fragte sie ängstlich.

»Mr Winser hat das verdient, was ich zu ihm gesagt habe. Wenn ich die Möglichkeit hätte, alles noch mal zu machen, würde ich genau dasselbe tun. Das ist jetzt absolut ehrlich.«

Sie lachte. Tatsächlich, sie lachte.

»Sieht so aus, als wärst du ganz gut, wenn es darum geht, dich gegen einen bösartigen Lehrer zu wehren«, sagte sie. »Das ist ja vielleicht in Ordnung so.« Sie stand auf und fügte hinzu: »Aber geh ein bisschen freundlicher mit netten alten Damen um, ja? Komm, wir sehen mal nach, was dein Vater zusammenbraut.«

Sie ging aus dem Wohnzimmer. Und schon schlug die Realität wieder über meinem Kopf zusammen. Die nette alte Dame war keine nette alte Dame.

Plötzlich begannen meine Gedanken zu rasen. Meine Mutter hatte etwas getan, was sie noch nie getan hatte: Sie hatte zugegeben, dass sie Fehler gemacht hatte, und darum gebeten, dass wir ehrlich miteinander umgehen sollten. Aber ihr jetzt die Wahrheit über Miss Bogg und die Bibliothek zu sagen, war das Letzte, was ich tun wollte. Ich fürchtete, wenn ich meine Eltern in die Sache hineinzog, würde ich sie erst recht in Gefahr bringen. Die Erinnerung an die Zerstörung von Theos Zuhause durch einen wild gewordenen Baum war noch zu lebendig, obwohl alles nur ein Trugbild gewesen war.

Nach dem Abendessen ging ich früh zu Bett. Ich war nicht müde, aber ich musste nachdenken. Was sollte ich tun? Wie sollte ich sie alle gegen dieses böse alte Schreckgespenst verteidigen? Ich lag da und suchte verzweifelt nach der rettenden Idee, aber dann schlief ich einfach ein.

Ich wachte erst auf, als Sonnenlicht durch mein Fenster fiel. Ich hatte die ganze Nacht geschlafen und war einem Rettungsplan keinen Schritt näher gekommen, seit ich gestern Abend Lus Haus verlassen hatte. Ich sprang aus dem Bett, schlüpfte in meine Klamotten und ging direkt nach unten.

»Mom? Dad?«

Keine Antwort. Es war Samstag. Üblicherweise gingen meine Eltern samstags früh aus dem Haus, um alles Mögliche zu erledigen. Das war gut. Solange sie sich unter anderen Menschen bewegten, war es unwahrscheinlich, dass der Boggin sie angreifen würde. Das hoffte ich jedenfalls. Ich wollte gerade in die Küche gehen und mir Frühstück machen, als … es an der Tür klingelte.

Ich zuckte zusammen. Niemand kam hier am Samstagvormittag einfach so vorbei. Jedenfalls niemand, den ich kannte. Sowohl Theo als auch Lu schliefen am Samstag bis zur Mittagszeit.

Ich griff nach dem Schlüssel, der um meinen Hals hing. Ich konnte im Handumdrehen von hier verschwinden – ich musste ja nur zu einer Tür laufen und in die Bibliothek hinüberspringen. Es klingelte erneut. Mein Herz klopfte wie verrückt. Ich musste wissen, wer das war. Langsam schlich ich zur Haustür. Neben der Tür befand sich ein Fenster. Ich warf einen Blick nach draußen, aber der Winkel war zu steil, ich konnte nicht sehen, wer da stand.

Klopf, klopf. Ich zuckte wieder zusammen. Wer auch immer es war – er wollte nicht wieder gehen. Ich musste mich stellen. Ich trat an die Tür und lauschte. Auf was, wusste ich gar nicht.

»Wer ist da?«, rief ich.

»Marcus?« Es war eine Frauenstimme, aber nicht die Stimme einer alten Frau.

»Wer ist denn da?«, fragte ich.

»Ich bin's, Lillian Swenor.«

Ich konnte die Tür gar nicht schnell genug aufreißen. Mrs Swenor stand da und sah ganz genauso geschafft aus wie neulich in ihrer Wohnung. In der Hand hielt sie eine sehr große Einkaufstüte.

»Sie haben meine Nachricht bekommen«, stellte ich fest.

»Ja, habe ich.«

»Bitte sagen Sie mir, dass diese Tüte das Buch enthält.«

Kapitel 16

Sekunden vergingen. Mrs Swenor und ich standen uns gegenüber und starrten uns verlegen an.

»Wäre es in Ordnung, wenn ich reinkäme?«, fragte sie befangen.

»Ja … ja, natürlich.« Ich trat zur Seite und ließ sie ins Haus. Dabei sah ich immer wieder auf ihre Tasche und hoffte, darin ein altes Buch erspähen zu können.

»Sind deine Eltern zu Hause?«, fragte sie.

»Nein.« Ich starrte immer noch auf die Tasche.

»Ich habe das Buch nicht, Marcus«, sagte sie.

Sackgasse. Ich war total enttäuscht.

»Aber ich habe es schon mal gesehen«, fügte sie hinzu.

»Wirklich?« Ich schöpfte wieder Hoffnung. »Wo ist es?«

»Ich weiß nicht.«

Wumm. Wieder Sackgasse.

»Als du neulich bei uns zu Hause warst, habe ich dir nicht alles erzählt«, sagte sie. »Ich habe gedacht, ich könnte dich schützen. Und Alex. Aber nachdem du angerufen und nach dem Buch gefragt hattest, bin ich zu dem Schluss gekommen, dass es falsch wäre, etwas vor dir zu verbergen.« Sie seufzte. »Ich habe dir ja gesagt, dass Michael, nachdem deine Eltern ums Leben gekommen waren, nie mehr über Geister und seltsame Ereignisse gesprochen hat. Jedenfalls zwölf Jahre lang nicht. Ich hatte die Sache bis letzte Woche fast vergessen. Dann bekam Michael einen Anruf von jemandem, der deinen Vater von früher kannte. Ich weiß nicht, was derjenige zu meinem Mann gesagt hat, jedenfalls war er danach sehr aufgeregt.«

»Und wer war das?«, drängte ich.

»Ich weiß nicht. Michael wollte es mir nicht sagen. Aber er ging los und traf sich mit dieser Person, und als er nach Hause kam, war er mehr als aufgeregt. Er hatte richtig Angst.«

Tränen traten ihr in die Augen. Die Erinnerungen waren zu schmerzvoll.

»Er hat immer wieder gesagt, er habe etwas Schreckliches getan, etwas, das er für richtig hielt, aber es habe sich als schrecklicher Fehler erwiesen. Michael war ein Mann, der in brennende Gebäude hineinrannte, Marcus. Er hatte vor nichts Angst. Aber an diesem Tag war er außer sich vor Panik. Er hatte ein altes Buch dabei und blätterte immer wieder darin. Ich weiß nicht, wonach er gesucht hat, aber er hat es nicht gefunden. Ich nehme an, das war das Buch, nach dem du suchst.«

»Aber Sie wissen nicht, wo es ist?«

Sie schüttelte den Kopf.

»Hat er Ihnen gesagt, was er Schlimmes gemacht hat?«

»So in etwa. Ich habe es nicht verstanden, aber es hat ihn völlig fertiggemacht.«

»Und was war es?«

»Er hat gesagt, er habe ein Siegel aufgebrochen.«

Ich zuckte zusammen, als hätte ich einen elektrischen Schlag bekommen.

»Das hat er gesagt? Er hat ein Siegel aufgebrochen?«

»Ja. Kannst du damit etwas anfangen?«

Und ob ich das konnte. Ich sah auf die Tragetasche.

»Mrs Swenor, was ist da drin?«

»Das hat Michael an diesem Tag nach Hause gebracht. Ich glaube, an diesem Ding war das Siegel, das er aufgebrochen hat.«

Mir drehte sich fast der Magen um.

»Kann ich es sehen?«, bat ich.

Sie griff in die Tasche und zog eine schlichte, olivgrüne Metallkiste hervor, die etwa so groß war wie eine etwas größere Schuhschachtel. Aus alten Kinofilmen kannte ich solche Behälter: Es war eine Munitionskiste aus dem zweiten Weltkrieg. Sie war verbeult und verkratzt. Und die weiße, aufgedruckte Schrift war fast komplett abgeblättert.

»Michael nannte es ein Gefäß«, sagte sie. »Er hat gesagt, dein Vater habe es versiegelt, kurz vor seinem Tod.«

»Mein Vater?«, wiederholte ich verblüfft. »Er hat gesagt, mein Vater hat es versiegelt? Sind Sie sicher?«

»Ja. Weißt du denn, was das bedeutet?«

Ich wusste genau, was es bedeutete und um was es sich bei dieser Kiste handelte. Im Laufe der Zeit hatte es viele Gefäße gegeben. Am Anfang, vor Tausenden von Jahren, war es eine Kupferkiste gewesen. Aber das Gefäß musste nicht unbedingt aus Kupfer bestehen. Man brauchte lediglich ein kupfernes Siegel.

Everett hatte recht gehabt. Mein Vater hatte kurz vor seinem Tod gegen den Boggin gekämpft. Vor zwölf Jahren hatte er den Dämon in diese Kiste eingeschlossen. Das hier war das letzte Gefängnis des Butzemanns gewesen. Und vor einer Woche hatte Michael Swenor das Siegel aufgebrochen und den Geist wieder in die Welt entlassen.

»Das ist, ähm, also es ist …« Ich wusste nicht, was ich sagen sollte. Ich konnte nicht sagen: »Darin hat mein Vater ein schreckliches Phantom eingesperrt und Ihr Mann hat es wieder freigelassen.«

»Ich bin mir nicht ganz sicher«, log ich.

»Aber was war darin versiegelt?« Sie klang völlig verzweifelt. »Eine schlimme Krankheit?«

Das war nicht schlecht geraten, aber das wollte ich Mrs Swenor nicht auf die Nase binden.

»Wenn wir das Buch finden, können wir das Rätsel vielleicht lösen«, sagte ich.

»Es tut mir leid, Marcus«, sagte sie. »Ich habe dir das nicht gleich erzählt, weil ich nicht wollte, dass alle denken, Michael habe den Verstand verloren. Aber du wusstest von diesem Buch.

Du weißt, dass es existiert. Ich kann nur hoffen, dass Michael für das, was er getan hat, seine guten Gründe hatte, und dass er nicht ahnte, wie schlecht das ausgehen würde.«

»Ich kann mir vorstellen, dass es genauso war«, sagte ich. »Und wenn wir das Buch finden, können wir es vielleicht beweisen.«

Mrs Swenor wischte sich über die Augen. Sie stand auf.

»Wenn ich noch etwas erfahre, melde ich mich bei dir«, sagte sie. »Und ich suche weiter nach dem Buch.«

Sie musterte die alte grüne Metallkiste und kniff die Augen zusammen.

»Die möchte ich nie wieder sehen«, sagte sie voller Verachtung.

Ich brachte sie zur Tür und blieb allein zurück.

Dann wandte ich mich wieder der Kiste zu. Ich hob sie hoch und sah sie mir von allen Seiten genau an und entdeckte … nichts. Sie war nicht im Geringsten ungewöhnlich. Es war einfach nur eine alte Metallkiste … in der mein Vater vor zwölf Jahren den Boggin eingeschlossen hatte. Stand diese Geschichte in dem verschollenen Buch? Stand darin, wie sich der Kampf zwischen meinem Vater und dem Boggin abgespielt hatte? Waren er und meine Mutter deswegen ums Leben gekommen?

Das Gefäß war zwölf Jahre lang verschollen gewesen und letzte Woche war es plötzlich wieder aufgetaucht. Wo war es in der Zwischenzeit gewesen? Wer war der Unbekannte, der deswegen Kontakt mit Michael Swenor aufgenommen hatte? Warum hatte Swenor das Siegel aufgebrochen und den Dämon freigelassen? Überall öffneten sich Korridore, aber sie führten nur zu neuen Fragen. Aber am wichtigsten war: Der Boggin lauerte immer noch irgendwo und bedrohte die Menschen, die mir lieb waren. Es würde ein langer Tag werden.

Mit der Kiste unter dem Arm ging ich in die Küche, um nach etwas Essbarem zu suchen. Auf der Küchentheke lag ein Zettel:

> Guten Morgen! Mom und ich sind zum Segelhafen gefahren und arbeiten ein bisschen am Boot. Vielleicht fahren wir auch mal kurz raus. Es ist so ein schöner Tag. Viele Grüße – Dad.

Der Segelhafen. Das Boot. Wir besaßen ein neun Meter langes Segelboot. Meine Eltern verbrachten in der warmen Jahreszeit so gut wie jedes Wochenende auf dem Long Island Sound beim Segeln.

Mein Herz begann zu rasen. An dieser Nachricht war überhaupt nichts gut. Auf einem Segelboot waren meine biologischen Eltern gestorben. Ich stellte die Metallkiste ab, zog mein Handy aus der Tasche und rief meine Mutter an. Mein Vater nahm sein Telefon am Wochenende nie mit, aber meine Mutter hatte ihres rund um die Uhr bei sich. Das Telefon klingelte. Und klingelte. Endlich ging die Mailbox dran.

»Mom«, sagte ich, bemüht, nicht völlig panisch zu wirken. »Ich, ähm, ich würde heute gern mitsegeln. Fahrt nicht ohne mich raus. Ich warte auf euren Rückruf.«

Ich schaltete aus und schickte noch eine Textnachricht hinterher: »Ruf mich an!«

Wahrscheinlich hatte sie das Telefon in der Tasche und konnte das Klingeln nicht hören. Ich hatte nicht einmal einen genauen Plan, was ich ihnen sagen sollte. Ich wollte einfach verhindern, dass sie aufs Meer hinausfuhren. Jedenfalls solange der Boggin frei war.

Der Boggin. Ich betrachtete das Gefäß, in dem er eingeschlossen gewesen war. Es war einfach eine Kiste. Die Kiste benötigte ein Siegel. Ein Siegel aus Kupfer.

Ich packte die Metallbox und rannte die Treppe hinunter, die in den Keller führte. Da unten war Dads Werkstatt. Er hatte dort doch bestimmt etwas aus Kupfer, das ich als Verschluss für die Kiste verwenden konnte. Wenn es mir gelang, den Boggin in die Kiste zu locken. Wie um alles in der Welt sollte ich das schaffen?

Unser Keller war vollgestopft mit abgedeckten alten Möbeln, zu klein gewordenen Fahrrädern, Schlitten, Gartengeräten und Werkzeug. Es war ein totales Durcheinander. Ich knipste das Licht an und bahnte mir den Weg zu Dads Werkbank. Dutzende von verschiedenen Werkzeugen hingen ordentlich aufgereiht auf einem Drahtgestell über der Arbeitsplatte. Unter der Werkbank standen verstaubte Pappkartons voller Gerümpel. Ich zog sie rasch hervor und durchwühlte sie. Darin lagen Schalter, Rohrschellen und Malerutensilien, aber nichts, was aus Kupfer bestand.

Auf der Werkbank stand ein Kästchen mit mehreren kleinen Schubladen voller Schrauben, Nägel und Unterlegscheiben. Ich zog alle auf, in der Hoffnung, darin etwas aus Kupfer zu finden. In einer Schublade entdeckte ich einen Ring mit alten Schlüsseln, die genauso groß waren wie mein Schlüssel zur Bibliothek. Wahrscheinlich gehörten sie zu den alten Kommoden, die Dad im Keller aufbewahrte. Doch kein Schlüssel bestand aus Kupfer.

Ich fühlte mich hilflos. Angenommen, ich würde hier Kupfer finden – wie sollte ich den jahrhundertealten Geist dann dazu bewegen, in die Kiste zu schlüpfen? Ich tastete nach dem Schlüssel, der um meinen Hals hing. Wenn mir jemand helfen konnte, dann war es Everett. Vielleicht hatte er in einem seiner Bücher einen Hinweis darauf gefunden, wie man einen Dämon in eben jenes Gefängnis zurücklocken konnte, aus dem er entwichen war.

Ich zog mir die Lederschnur über den Kopf und nahm den Schlüssel in die Hand. Ich konnte die Treppe nach oben gehen und mit dem Schlüssel durch jede beliebige Tür die Bibliothek erreichen. Ich wandte mich um … und blieb wie angewurzelt stehen. Am Fuß der Treppe stand Miss Bogg.

Ich war so überrascht, dass ich einen Satz rückwärts machte und mit dem Rücken gegen die Werkbank stieß, sodass das Werkzeugregal klapperte.

»Genug«, sagte der alte Dämon freundlich. »Gib den Schlüssel heraus.«

Kapitel 17

Der Boggin stand zwischen mir und der Treppe … dem einzigen Fluchtweg. Ich ließ den Schlüssel in die Tasche meiner Jeans gleiten – auch wenn das vielleicht nichts brachte.

»Lassen Sie mich in Ruhe«, sagte ich.

Ziemlich schwach, ich weiß, aber etwas Besseres fiel mir einfach nicht ein. Die alte Frau neigte den Kopf und lächelte so freundlich, dass sie aussah wie ein liebes Großmütterchen.

»Oh, das würde ich ja sehr gerne tun, Kind, sobald du den Schlüssel herausgegeben hast.«

Sie machte einen Schritt vorwärts. Ich wich zurück und stieß dadurch wieder gegen die Werkbank. Dabei fiel ein Hammer vom Regal. Voller Verzweiflung packte ich ihn und schleuderte ihn auf die alte Frau.

Die dämonische Frau blinzelte nicht einmal. Der Hammer flog einfach durch sie hindurch, als wäre sie gar nicht da. Er schlug auf der Treppe hinter ihr auf und landete vor ihren Füßen.

»Was hast du denn erwartet?«, fragte sie neckisch. »Fleisch und Knochen?«

»Aber wenn Sie ein … ein … Geist sind, wie können Sie dann überhaupt einen Schlüssel benutzen?«

Schlagartig verwandelte sich Miss Bogg in eine Rauchsäule. Das ging so schnell und wirkte so verblüffend, dass ich nach Luft schnappte. Die weiße Wolke hing einen Moment lang reglos in der Luft, aber es war keine richtige Wolke. *Sie* war es. Die Wolke fiel zu Boden, als hätte ein Deckenventilator sie hinabgedrückt. Sie wirbelte um den Hammer herum, den ich gerade geworfen hatte, und verdichtete sich. Ohne Vorwarnung erhob sich der Hammer vom Boden und flog auf meinen Kopf zu. Ich duckte mich und er knallte gegen die Werkzeugwand hinter mir, sodass noch mehr Utensilien auf die Werkbank hinunterkrachten. Ich sah mich rasch nach dem Schaden um, und als ich wieder nach vorne sah, hatte der Boggin erneut seine menschliche Gestalt angenommen.

»Ich habe durchaus körperliche Fähigkeiten«, sagte sie selbstgefällig. »So. Jetzt. Bitte. Leg den Schlüssel einfach auf den Boden und trete zur Seite.«

»Warum?«, fragte ich wütend. »Ich verstehe nicht, warum Sie die Bibliothek unbedingt zerstören wollen.«

»Die Agenten dieser Bibliothek spenden jenen Trost, die von Geistern heimgesucht werden.« Ihre Stimme klang jetzt eiskalt. »Sie merzen jedes Geheimnis aus, jede Ungewissheit, jede Furcht … all das, was zu schaffen meine Bestimmung ist. Ich habe seit Jahrhunderten gegen sie gekämpft und habe es satt, dass sie sich einmischen.«

»Haben Sie meine Eltern umgebracht?«

Miss Bogg bedachte mich mit einem finsteren Grinsen.

»Es verfolgt dich, dass du die Wahrheit nicht kennst, nicht wahr?« Sie kicherte, als bereite mein Kummer ihr Freude.

»Ich könnte deine Zweifel ausräumen und all deine Fragen beantworten«, sagte sie. »Aber zuerst musst du den Schlüssel herausgeben.«

Sie bedeutete mir, ich solle ihn auf den Boden legen, damit sie ihn als Nebelwolke aufnehmen und davontragen konnte. Es war verlockend, aber …

»Nein!«, antwortete ich entschlossen.

Etwas kitzelte mich im Nacken und ich schlug danach.

»Sie sind zu nichts gut«, sagte ich. »Die Druiden haben Sie heraufbeschworen, um Kindern Angst einzujagen. Das war ein Fehler. Selbst den Druiden war das bewusst.«

»Und doch bin ich jetzt hier«, sagte sie. »Und ich bin unersättlich. Der Zweck meines Daseins ist, Angst zu erzeugen. Angst nährt mich. Sie stärkt mich. Meine Macht ist im Laufe der Jahrhunderte gewachsen und ich bin jetzt zu vielem fähig!«

Wieder kitzelte mich etwas im Nacken und ich schlug danach. Es fühlte sich so an, als würde eine aufdringliche Stechmücke mich belästigen.

»Aber Ihre Macht reicht nicht, um mir den Schlüssel abzunehmen«, sagte ich. »Das bedeutet doch, dass er selbst auch recht mächtig ist.«

Sie rührte sich nicht.

Wieder spürte ich ein Kitzeln, diesmal auf dem Kopf. Ich fuhr mir über die Haare und sah in meine Hand. Da saßen drei Spinnen, jede von ihnen etwa so groß wie eine Centmünze. Sie waren schwarz, haarig und sehr lebendig. Sie krabbelten über mein Handgelenk und versuchten, in meinen Ärmel zu schlüpfen. Ich schüttelte den Arm, um sie loszuwerden.

»Du bist ein ungezogenes Kind«, sagte sie verächtlich. »Ungezogene Kinder machen mir Freude.«

Im selben Moment fiel etwas auf meinen Kopf. Und auf meine Arme. Und auf alles um mich herum. Ich wischte die Spinnen weg, aber immer mehr fielen auf mich herunter. Ich sah auf meine Arme. Hunderte von Spinnen krabbelten über meinen Ärmel. Sie krochen über den Hemdkragen und kitzelten mich am Rücken. Unwillkürlich sah ich nach oben. Sie fielen von den dunklen Deckenträgern unseres Kellers wie ein Sondereinsatzkommando an Seilrutschen. Es war unmöglich, aber sie waren da. Und es wurden immer mehr. Tausende. Sie liefen über mein Gesicht, versuchten, in meinen Mund und meine Augen zu krabbeln. Ich konnte sie noch so rasch wegwischen, es kamen immer neue.

Miss Bogg beobachtete mich in aller Ruhe.

»Du kannst das beenden«, sagte sie. »Gib den Schlüssel heraus.«

Mein Körper war von Spinnen bedeckt. Buchstäblich. Sie begnügten sich nicht damit, auf mir zu landen. Vielmehr war es so, als hätten sie sich vorgenommen, in meine Haut einzudringen. Sie krochen in jede Ritze meiner Kleidung. Meine Ärmel, meine Hemdmanschetten, mein Kragen … all das waren offene Zugänge für eine Armee bösartiger Krabbeltiere.

Dass ich nicht vollständig durchdrehte, lag nur daran, dass ich mich an die unmöglichen Trugbilder erinnerte, die ich schon gesehen hatte: eine Leiter, die nicht da war, ein Stier, der einfach verschwand, ein Sturm, der nicht echt war, und ein Haus, das von einem Baum begraben wurde … und dann doch nicht. Der Boggin arbeitete mit der Angst, die von Trugbildern erzeugt wurde.

»Die sind nicht echt!«, rief ich, während ich Spinnen abstreifte, die leider im Moment ziemlich echt wirkten. Sie krabbelten über meine Haut, vergruben sich zwischen meinen Haaren und bohrten sich in meine Kopfhaut.

»Das passiert nicht wirklich!«, schrie ich.

Ich ließ mich zu Boden fallen und wälzte mich, in der Hoffnung, dass ich damit die kleinen Ungeheuer zerquetschen würde, bevor sie stechen konnten. Oder beißen. Oder was immer eingebildete Spinnen so taten. Ich verabscheute Spinnen. Miss Bogg schien in mein Bewusstsein eingedrungen zu sein und es dadurch erfahren zu haben?

Sie stand wie ein Turm über mir.

»Michael Swenor ist tot«, sagte sie. »Ebenso wie deine Eltern. Ist das etwa nicht echt?«

»Sie haben sie ausgetrickst!«, rief ich. »Ich kann mich wehren. Ich kann mich gegen Sie wehren.«

Immer mehr Spinnen tauchten auf. Sie landeten am Boden und krochen sofort auf mich zu. Es waren Wesen mit Verstand. Sie gingen auf ihre Beute los. Auf mich. Es waren so viele, die über mich hinwegkrochen, dass es so aussah, als würde ich einen Anzug aus Pelz tragen. Das Kitzeln auf meiner Haut war so unerträglich, dass ich laut schreien wollte. Aber ich beherrschte mich. Diese Genugtuung wollte ich dem Dämon nicht bieten.

Der Boggin beugte sich über mich und knurrte durch zusammengebissene Zähne: »Du kannst dich ja vielleicht gegen mich wehren, aber kannst du auch für deine neuen Eltern sprechen?«

Das böse Funkeln in ihren Augen war zu viel. Endlich stieß ich einen lauten Schrei aus. Es war ein verzweifelter Schrei, voller Entsetzen und Wut. Sie würde sich an meine Adoptiveltern heranmachen, wie vor zwölf Jahren schon an meine biologischen Eltern. Die Geschichte würde sich wiederholen. Ich sprang sie an, in der Hoffnung, sie an ihrem runzligen alten Hals packen zu können. Es war keine alte Frau. Es war ein absurd verkleidetes Ungeheuer. Eine böse Stiefmutter aus dem Märchen, die Horrorgeschichten erzählte. Ich streckte meine spinnenbedeckten Hände aus und versuchte, ihren Hals zu packen. Ich erwischte sie. Ich schloss die Augen, in der Erwartung, Fleisch und Knochen zu spüren. Aber da war nur Luft. Ich war überrascht, aber nur eine Sekunde lang. Dies war nun mal ein Phantom. Ein Geist. Sie war nicht aus Fleisch und Blut – und sie war verschwunden.

Die Spinnen allerdings nicht. Ich schrie wieder, ein markerschütternder, panischer Schrei, sprang auf die Füße und rannte zur Treppe. Ich konnte nur an eines denken: Ich musste raus aus dem dunklen Keller, nach draußen ins Tageslicht. In unseren ganz normalen Vorgarten. Die Spinnen hatten jedoch andere Pläne. Sie piksten in meine Haut wie tausend kleine Nadeln, alle gleichzeitig – das fühlte sich an wie Stromschläge.

Wieder schrie ich laut. Ich konnte nicht anders. Ich stolperte über die Stufen, fiel auf die Knie, rappelte mich wieder auf und stürmte weiter. Ich stieß die Kellertür auf und raste durch unser Haus zur Eingangstür. Ich wusste nicht, was es bringen sollte, wenn ich im Freien war, aber es war besser, als in einem Raum mit tausend winzigen Plagegeistern gefangen zu sein. Ich erreichte die Tür, packte den Knauf, riss sie auf … und stand direkt vor Lu und Theo. Sie waren genauso überrascht wie ich.

»Hoppla – alles ok bei dir?«, fragte Theo.

Blöde Frage. Ich drängte mich an den beiden vorbei und sprang über die Türschwelle. Dabei wischte ich mir ununterbrochen Spinnen vom Körper.

»Marcus, was machst du?«, rief Lu.

Ich wischte noch immer über meine Arme, bis mir klar wurde, dass es sinnlos war. Die Spinnen waren verschwunden, aber es fühlte sich so an, als würden sie noch über meine Haut krabbeln. Doch ich kämpfte nur gegen die Erinnerung.

»Ich … ich … da waren Spinnen«, stammelte ich. Ich war noch völlig außer mir. »Tausende von Spinnen.«

Theo und Lu warfen einander besorgte Blicke zu.

»Ich weiß ja, dass du Angst vor Spinnen hast«, sagte Theo. »Aber findest du deine Reaktion nicht ein bisschen übertrieben?«

Ich kämpfte gegen den Drang, sie abzuwischen, und bekam mich so weit in den Griff, dass ich sie nicht mehr spürte.

»Es war eine Täuschung«, brachte ich schließlich heraus. Ich rang immer noch nach Luft. »Sie war hier.«

»Die … der Boggin?«

Ich nickte. Meine Gedanken rasten schon wieder. Ich versuchte zu begreifen, was geschehen war und was es bedeutete.

»Meine Eltern«, sagte ich und griff nach meinem Handy.

Ich gab Moms Nummer ein und erreichte wieder nur ihre Mailbox.

»Der Boggin ist hinter ihnen her!«, rief ich in Panik. »Der Blitz schlägt gleich zum zweiten Mal ein!«

Kapitel 18

Ich rannte ins Haus zurück. Lu und Theo folgten mir auf dem Fuß.

»Vielleicht ist mein Handynetz nicht stark genug!«, rief ich aufgeregt. »Ich versuche es auf dem Festnetz.«

Ich rannte in die Küche, schnappte das Telefon und tippte Moms Nummer ein.

»Wo sind sie?«, fragte Theo.

»Am Jachthafen. Sie wollen segeln gehen.«

»Oh, das ist gar nicht gut«, sagte Lu.

Das Telefon klingelte … und wieder erreichte ich nur Moms Mailbox. Frustriert knallte ich das Telefon auf den Tisch.

»Hol mal tief Luft, Mann«, sagte Theo.

Ich versuchte, mich zu beruhigen und einen klaren Gedanken zu fassen.

»Weißt du eigentlich, was los ist?«, fragte ich Theo.

»Lu hat mir alles erklärt. Deswegen bin ich hier. Einer muss doch auf dem Boden der Vernunft bleiben. Hier passiert nichts Übernatürliches.«

Theo meinte es völlig ernst. Ich sah Lu an. Sie zuckte mit den Schultern.

»Er glaubt es einfach nicht.«

»Es gibt keine Geister und keine Zauberei«, sagte Theo langsam und deutlich, als rede er mit einem Kind. »Wenn du dich daran festhältst, findest du die eigentliche Erklärung für das, was passiert.«

Ich musste meine ganze Willenskraft aufbieten, um mich nicht auf Theo zu stürzen, ihn am Kragen zu packen und gegen die Wand zu schubsen.

»Du weißt aber schon, dass nicht ich allein Geister sehe?«, knurrte ich durch zusammengebissene Zähne. »Lu war auch schon in der Bibliothek. Wir können doch nicht beide dieselbe Halluzination haben.«

»Ich glaube nur, dass sie denkt, sie sei irgendwo gewesen«, sagte Theo. »Ihr beide denkt das. Aber eine Bibliothek, die von Geistern geführt wird? Im Ernst jetzt?«

Ich zog den Schlüssel aus meiner Tasche und hielt ihn Theo direkt vor die Nase.

»Komm mit. Jetzt sofort. Ich bring dich hin. Los, komm!«

Ich rannte zur Hintertür. Jetzt würde ich den Zauberschlüssel hier anwenden.

»Nein!«, rief Theo.

Der Klang seiner Stimme ließ mich abrupt verharren. Sie hörte sich merkwürdig an. Außerdem hatte ich ihn noch nie so voller Angst schreien hören. Theo stand verlegen da und schaffte es nicht, mir in die Augen zu sehen. Irgendetwas an dieser Situation stimmte nicht.

»Was ist los, Theo?«, fragte Lu sanft. »Ich weiß, dass du vollkommen logisch an das alles herangegangen bist, aber es kommt auch für dich der Moment, an dem du zugeben musst, dass hier etwas Sonderbares passiert.«

Theo fing an zu zittern. Richtig zu zittern. Da stand dieser Typ, der sonst immer cool und kontrolliert wirkte. Es sah so aus, als kämpfe er gegen sich selbst, um nicht zu explodieren.

»Ich werde das einfach nicht akzeptieren«, sagte er schließlich, aber es fiel ihm schwer, die Worte auszusprechen. »Ich kann das nicht. Ich weiß, wie die Welt funktioniert. Das passt einfach nicht zusammen.«

»Darum geht es ja gerade«, sagte ich. »Die Bibliothek existiert ja nur deswegen, weil die Dinge manchmal nicht zusammenpassen.«

»Nein«, sagte Theo unnachgiebig. »Wenn ich das glauben würde, dann müsste ich ja auch glauben, dass …« Er beendete den Satz nicht.

»Du verschweigst uns etwas, Theo«, sagte Lu. »Warum kämpfst du so dagegen?«

Theo wischte sich nervös über die Stirn und zupfte an seinem Ohr.

»Wenn ich zulassen würde, dass ich an diese Bibliothek glaube, müsste ich akzeptieren, dass es in meinem Leben gerade auch eine … wie nennt ihr es … Störung … gibt.«

Hoppla. Lu und ich wechselten ratlose Blicke.

»Was meinst du damit?«, fragte ich. »Ist dir etwas passiert?«

Theo setzte sich an die Küchentheke. Er schaffte es nicht, uns anzusehen.

»Ich weiß nicht«, sagte er zögernd. »Vielleicht.«

»Erzähl's uns«, sagte Lu.

Theo redete langsam und deutlich, als wolle er sichergehen, dass alles, was er sagte, richtig ankam.

»Ungefähr vor einem Monat war ich mit meinen älteren Brüdern im Freizeitpark, in Playland. Wir kamen in eine Passage, in der einer von diesen dämlichen Wahrsage-Automaten stand, so einer mit einer mechanischen Puppe, die eine Karte aus einer Schachtel zieht und dir deine Zukunft voraussagt. Es war absolut lächerlich, aber wir haben es alle drei ausprobiert. Mein ältester Bruder war zuerst dran. Auf seiner Schicksalskarte stand: ›Nimm dich in Acht vor dem Biss.‹ Bei meinem anderen Bruder stand: ›Du erhältst viel Geld von unerwarteter Seite.‹ Wir haben nur gelacht und alles vergessen. Aber am nächsten Tag …« Er holte tief und gequält Luft.

»Was ist passiert?«, fragte Lu.

»Am nächsten Tag war mein ältester Bruder im Park joggen. Er hat einen Freund getroffen, der mit seinem Hund spazieren ging. Als mein Bruder ihn streicheln wollte, hat der Hund ihn gebissen. Er musste genäht werden. Dieser Hund hat vorher noch nie jemanden gebissen.«

»Das ist nur Zufall«, sagte Lu.

»Später am selben Tag erfuhr mein anderer Bruder, dass er ein 4000-Dollar-Stipendium fürs College bekommen hatte. Er hatte sich nicht einmal darum beworben.«

»Okay, das ist ein bisschen merkwürdiger«, sagte Lu.

»Und was stand auf deiner Karte, Theo?«, fragte ich.

Zögernd griff Theo in seine hintere Hosentasche und zog seine Brieftasche hervor. Er bewegte sich so langsam, als bereite es ihm große Mühe. Aus der Brieftasche zog er eine Karte und reichte sie Lu. Lu las sie … und schnappte nach Luft.

»O Mann«, keuchte sie.

Sie sah Theo an. Er hielt seinen Blick auf den Boden geheftet. Lu reichte mir die Karte. Ich las sie zweimal. Ich verstand die Worte, hätte sie aber lieber nicht verstanden.

Auf der Karte stand: »Das Leben, wie du es kennst, wird an deinem 14. Geburtstag enden.«

»O Mann«, konnte auch ich nur sagen.

»Und deswegen kann ich nicht akzeptieren, dass diese Störungen Wirklichkeit sind«, sagte Theo. »So funktioniert das Leben nicht. Maschinen können nicht die Zukunft voraussagen. An meinem Geburtstag wird mir überhaupt nichts passieren.«

Ich dachte, Lu würde gleich in Tränen ausbrechen, und das will etwas heißen, denn Lu ist nicht der weinerliche Typ. Ich selbst fühlte mich auch nicht so prickelnd. Es stellte sich also heraus, dass jeder von uns sich inmitten seiner eigenen »Störung« befand.

»Sieh mal, Theo«, sagte ich. »Ich habe keine Ahnung, ob diese Wahrsage-Nummer echt ist oder nicht. Es könnte sich einfach nur um eine Abfolge von merkwürdigen Zufällen handeln. Aber nach allem, was ich gesehen habe, weiß ich eins sicher: Die verrücktesten Dinge passieren und du kannst sie nicht dadurch verhindern, dass du sie leugnest. Menschen sind gestorben. Das ist real, und ich werde nicht zulassen, dass noch mehr schlimme Dinge passieren, nur weil das keinen logischen Sinn ergibt. Und du solltest es auch nicht zulassen.«

Theo zerrte an seinem Ohrläppchen. Sein analytischer Verstand arbeitete auf Hochtouren. Er versuchte, eine logische Erklärung dafür zu finden, dass wir uns nicht wirklich mit Übernatürlichem beschäftigen mussten. Es gelang ihm nicht.

»Ich habe Angst«, sagte er schließlich.

»Wir haben alle Angst«, sagte Lu. »Was sollen wir dagegen tun?«

Endlich sah Theo uns wieder an.

»Ihr glaubt wirklich, dass dieser böse Geist sich von Angst ernährt?«

»Ja«, sagte ich entschieden. »Und ich glaube, wenn Störungen dafür verantwortlich sind, dass Lus Cousine verschwunden ist und dass dich ein unerfreuliches Schicksal erwartet, dann finden wir diese Geschichten in der Bibliothek. Und wir können sie so zu Ende schreiben, wie sie enden sollten.«

»Warum bist du dir da so sicher?«, fragte Theo.

»Weil wir wissen, wie die Dinge eigentlich laufen sollten. Es ist mir egal, welche geheimnisvollen Kräfte da am Werk sind. Das hier ist die Wirklichkeit und wir können die Logik der Realität dazu benutzen, uns zu wehren. Und weißt du was? Niemand könnte das besser … als du.«

Theo setzte sich ein bisschen gerader hin. Lu lächelte sogar.

»Bitte helft mir, meine Eltern zu retten«, sagte ich.

Theo sah zwischen uns beiden hin und her, zupfte sich noch einmal am Ohr und sagte: »Klaro, Marcus. Was kann ich tun?«

Ich gab ihm einen Klaps auf den Rücken und sagte: »Komm mit.«

Ich rannte durch die Küche zur Treppe, die hinunter in den Keller führte.

»Auf keinen Fall gehe ich noch mal allein da runter«, sagte ich.

Wir gingen zusammen in den Keller. Nirgendwo waren lebendige oder tote Spinnen zu sehen. Trugbilder hinterlassen keine Spuren. Aber die heruntergefallenen Werkzeuge lagen noch immer auf der Werkbank, neben dem Hammer, der mich beinahe erwischt hätte. So weit war alles real. Ich führte die beiden zur Werkbank und nahm die Metallkiste. Das Gefäß.

»Vor zwölf Jahren ist mein Vater auf den Boggin gestoßen. Irgendwie hat er den Dämon eingefangen und zwölf Jahre lang hier eingesperrt, bis Michael Swenor das Siegel aufbrach und ihn freiließ.«

»Michael Swenor hat ihn freigelassen?«, rief Lu. »Warum denn das?«

»Das weiß ich nicht. Er hat gemeint, er tue das Richtige, aber es ging nach hinten los und er musste dafür bezahlen. Der Boggin hat ihn umgebracht, weil er an den Schlüssel für die Bibliothek herankommen wollte. Es ist ihm nicht gelungen und jetzt greift er die Menschen an, die mir etwas bedeuten, und will mich damit zwingen, ihm den Schlüssel zu geben.«

»Und wie halten wir ihn auf?«

»Wir müssen ihn hiermit einfangen«, sagte ich. »In seiner Geistergestalt. Sobald er drin ist, versiegeln wir die Kiste mit Kupfer. So hat es über Jahrhunderte hinweg funktioniert. Ich bin in den Keller gegangen, weil ich nach etwas aus Kupfer gesucht habe. Ich habe aber nichts gefunden.«

Theo nahm mir die Kiste ab. Er betrachtete sie mit zusammengekniffenen Augen, dachte angestrengt nach und zupfte an seinem Ohrläppchen.

»Es muss kein richtiges Schloss sein?«, fragte er nach. »Ich meine, mit einer Zahlenkombination oder einem Schlüssel?«

»Wir reden über Geister«, sagte Lu. »Im Buch stand, dass Kupfer die Macht des Boggin bricht. Es geht um das Material, nicht um die Größe oder Stabilität des Schlosses.«

Theo ließ einen Finger über den Verschluss der Kiste gleiten, der eine Öse für ein Vorhängeschloss hatte.

»Also, solange es reines Kupfer ist, muss man die Kiste einfach nur hier verschließen?«

»Ich glaube schon«, sagte ich. »Klingt einfach, aber ich weiß nicht, was wir benutzen sollen.«

»Ich schon.« Theo klang zuversichtlich.

Er überreichte mir die Kiste, griff nach dem aufgehängten Werkzeug und wählte einen schweren Drahtschneider. Er ging nach oben ins Wohnzimmer. Wir folgten ihm.

»Ich vermute, ihr habt dieselben Installationen wie jedes andere Haus in der zivilisierten Welt«, sagte er. »Aber eins musst du mir versprechen.«

»Was denn?«, fragte ich.

»Reiß mir nicht gemeinsam mit deinen Eltern den Kopf ab, wenn sie rausfinden, was ich gemacht habe. Vor deiner Mutter habe ich Angst.«

»Wir versuchen gerade, ihnen das Leben zu retten«, sagte ich. »Ich glaube kaum, dass sie sich über etwas aufregen werden, was du jetzt tust.«

Theo steuerte direkt auf den Schrank zu, in dem unser Fernseher untergebracht war. Er zog ihn von der Wand weg, sodass man Strom- und Datenkabel erkennen konnte.

»Koaxialkabel«; sagte Theo. »Das ist das Standardkabel für die Datenübertragung.«

Mithilfe des Drahtschneiders knipste er etwa einen halben Meter Kabel ab.

»Au weia«, sagte Lu. »Das wird deinen Eltern nicht gefallen.«

»Ist das Kupfer?«, fragte ich Theo.

Theo hielt mir das dicke schwarze Kabel hin.

»Das hier nicht«, sagte er.

Fachmännisch zog er mit dem Drahtschneider ein Stück der

weichen schwarzen Kabelumhüllung ab. Darunter kam der dünne Metalldraht zum Vorschein.

»Das hier ist Kupfer«, erklärte er.

Rasch löste er den Rest der Isolationsschicht ab. Übrig blieb ein sauberes Stück Draht. Kupferdraht.

»Das ziehen wir durch den Verschluss der Kiste und … schwupps … hast du deinen Kupferverschluss. Aber wie du den Geist dazu bringst, in die Kiste zu schlüpfen, weiß ich wirklich nicht.«

»Ich habe so eine Idee«, sagte ich. »Aber erst mal muss ich wissen, ob es meinen Eltern gut geht.«

»Das Rennboot meines Vaters liegt im Jachthafen«, sagte Lu. »Aber es gibt eine Bedingung.«

»Und die wäre?«

»Ich fahre mit dir raus. Dad bringt mich um, wenn ich jemandem das Boot leihe und nicht dabei bin.«

»Nein. Zu gefährlich.«

»Dann kriegst du es nicht«, feuerte Lu zurück.

»Im Ernst? Ich darf es nicht nehmen?«

Lu sah mich streitlustig an, aber dann machte sie einen Rückzieher.

»Natürlich darfst du. Aber ich möchte mitfahren. Everett hat gesagt, du brauchst Hilfe.«

»Ich komme auch mit«, sagte Theo.

»Und außerdem«, fügte Lu hinzu, »was ist, wenn der Boggin merkt, dass du deine Eltern warnen willst, und dann beschließt, lieber uns anzugreifen? Ich glaube, es ist besser, wenn wir zusammenbleiben.«

Gegen diese Logik konnte ich nichts einwenden. Ich fand es furchtbar, dass ich meine Freunde in Gefahr brachte, aber sie waren ja schon in Gefahr, nur weil sie meine Freunde waren.

»Seid ihr mit den Fahrrädern da?«, fragte ich.

Beide nickten.

»Gut. Zum Jachthafen sind es knapp zwei Kilometer.«

Kapitel 19

Wir rasten auf unseren Fahrrädern in Richtung Jachthafen Tod's Point. Im Sommer waren die engen Zufahrtsstraßen, die sich durch unseren Stadtteil in Richtung Strand schlängelten, mit Autos verstopft. Glücklicherweise war heute ein kühler Oktobertag und es herrschte wenig Verkehr.

Ich raste über die Kreuzungen, ohne die anderen Verkehrsteilnehmer zu achten. Die hatten mir gefälligst den Vortritt zu lassen – ich hatte eine Mission! In meinem Rucksack befand sich das Gefäß. Ich hatte so einen ungefähren Plan, wie ich den Boggin hineinlocken wollte, aber mir wäre es lieber gewesen, ich hätte ihn vorher mit Everett besprechen können. Wenn der nicht klappte, waren wir aufgeschmissen. Einen Plan B hatte ich nicht.

Lu und Theo hatten große Mühe, mir zu folgen, und mehr als einmal wären sie beinahe von einem Auto, dem ich den Weg abgeschnitten hatte, angefahren worden. Mir war ganz übel: Meine Freunde folgten mir in die Katastrophe.

Der Strand von Stony Brook war ein riesiges eingezäuntes

Gelände mit angelegten Wegen, einem Sandstrand, Picknickplätzen und einem Anleger für kleine Privatboote.

Wir sausten an der Kabine des Platzwächters vorbei. Meine Beine schmerzten vor Erschöpfung, aber das hinderte mich nicht daran, noch kräftiger in die Pedale zu treten. Die Straße führte weitere zwei Kilometer an der Küste entlang, dann endete sie an zahlreichen hölzernen Stegen – der Jachthafen von Tod's Point. Ich radelte zum Parkplatz und hielt nach dem Auto meiner Eltern Ausschau – vielleicht hatte ich ja Glück und sie packten gerade zusammen. Wir drei kamen mit quietschenden Reifen auf dem sandigen Asphalt zum Stehen. Und da stand das Auto, aber meine Eltern waren nicht da.

»Die Handtasche meiner Mutter liegt auf dem Vordersitz«, sagte ich.

»Und da drin ist ihr Telefon, wetten?«, sagte Lu.

Ich startete wieder durch, strampelte in Richtung Anleger. Normalerweise hätte ich mein Fahrrad am Ständer angeschlossen, aber dafür war keine Zeit. Ich sprang ab, während es noch rollte, ließ es einfach fallen und rannte zum Strand.

Die schwimmenden Stege wurden immer im Frühling zu Wasser gelassen und im November wieder entfernt, bevor die Meerenge zufror. Sie waren für mehrere Hundert kleine Freizeitboote ausgelegt, sowohl Motorboote als auch Segelboote. Über die miteinander verbundenen Stege zu rennen, glich einem Sprint durch ein Labyrinth, aber ich hatte es schon so oft gemacht, dass ich den Weg genau kannte. Unsere Anlegestelle befand sich an dem Steg, der am weitesten vom Land entfernt war, zwischen denen der anderen Festkiel-Boote.

Ich rannte von Steg zu Steg, kam unserem eigenen Anlegeplatz immer näher. Es war ein kalter Morgen, deswegen arbeitete kaum jemand an seinem Boot. Ich richtete meinen Blick auf die Masten der Boote, die nebeneinander festgemacht waren, in der Hoffnung, unseren zu entdecken. Ich machte mir keine Gedanken darüber, was ich meinen Eltern sagen sollte, wenn ich ankam. Ich wollte sie einfach nur daran hindern, hinauszusegeln, wo ihnen alles Mögliche passieren konnte. Als ich am Ende des letzten Stegs angekommen war, sah ich … dass unser Anlegeplatz leer war. Ich wollte schreien. Oder weinen. Oder jemanden schlagen. Aber das hätte nichts geändert. Meine Eltern waren draußen auf dem Sund … leichte Beute für den Boggin.

»Was meinst du, wie lange sie schon auf dem Wasser sind?«, fragte Lu, als sie und Theo außer Atem neben mir standen.

»Wahrscheinlich sind sie hergefahren und haben zuerst ein bisschen am Boot gearbeitet«, sagte ich. »Dann haben sie die Segel gehisst und sind losgefahren. Das ist jetzt nur geschätzt, aber wahrscheinlich vor einer Stunde.«

Theo ließ seinen Blick über die Bucht wandern, die zum Long Island Sound gehörte. Der Wind kräuselte das Wasser.

»Es weht eine ordentliche Brise«, erklärte er. »Sie könnten überall sein.«

»Nein. Wenn sie eine kurze Samstagstour machen, segeln sie

immer die gleiche Strecke. Sie fahren einmal um die Great-Captain-Insel.«

»Dann los – wir holen sie ein!«, rief Lu.

»Bist du sicher?«, fragte ich.

Immer wenn Lu etwas Verrücktes plante, hatte sie so ein Glitzern in den Augen – und das kam ziemlich oft vor.

»Du fragst mich ernsthaft, ob ich das Rennboot von meinem Vater mit dem 425-PS-Monster von einem Innenbordmotor nehmen und damit lospreschen will, um jemanden mitten auf dem Sund wieder einzufangen? Weißt du, mit wem du redest? Kennen wir uns überhaupt?«

»So einfach ist die Sache nicht, und das weißt du«, antwortete ich.

»Schon, aber du passt doch auf, dass uns nichts passiert, oder?«

Sie wartete meine Antwort gar nicht erst ab, sondern rannte los.

»Du hast ihr keine Antwort gegeben«, sagte Theo.

»Was soll ich denn sagen? Ich habe doch keine Ahnung, was auf uns zukommt.«

Wir folgten ihr über die Stege zur Anlegestelle ihres Vaters.

»Hast du einen Plan, wie du dieses Ding einfangen kannst?«, fragte Theo.

»Ja«, antwortete ich wahrheitsgemäß.

»Dürfen wir den erfahren?«

»Wir schlagen dieses Phantom mit seinen eigenen Waffen«, sagte ich. Weitere Einzelheiten verriet ich nicht – ich wollte nicht, dass Theo mir den einzigen Plan zerpflückte, den ich hatte.

Wir verließen die Stege mit den Segelbooten und rannten zu denen mit den Motorbooten. Das Boot von Lus Vater lag an einer Anlegestelle näher am Ufer. Lu fing sofort damit an, die Befestigung der Schutzplane zu lösen. Sekunden später zog sie die Plane weg und darunter erschien ein glänzendes gelb-weißes Prachtstück mit vier Sitzen und einem abgesenkten Deck für zwei weitere Passagiere im Bug. Das Cockpit sah so aus wie bei einem Rennwagen oder Kampfjet.

»Wow!« Theo starrte bewundernd auf das aufgedeckte Boot. »Das sieht ja schon schnell aus, wenn es nur so daliegt.«

»Ich weiß, klar.« Lu verstaute die Plane rasch unter der Rückbank. »Ihr solltet euch festhalten, wenn ich Gas gebe.«

»Dein Dad lässt dich dieses Ding allein fahren?«, fragte Theo.

»Die Diskussionen darüber sind noch nicht abgeschlossen«, erwiderte Lu. »Er lässt mich das Boot erst alleine fahren, wenn ich beweise, dass ich es auch kann, aber ich kann es nicht beweisen, solange ich nicht allein damit fahre.«

»Und was bedeutet das jetzt?«, fragte ich.

»Das bedeutet, dass ich es jetzt gleich beweisen werde.«

»Darf man nicht erst mit 16 so ein Rennboot ohne Begleitung eines Erwachsenen steuern?«

»Willst du mich anzeigen?«, fragte Lu sanft.

»Nein, aber du kannst schon mit dem Ding umgehen, oder?« Theos Stimme zitterte ein bisschen.

Lu griff unter das Armaturenbrett und zog den Zündschlüssel hervor. Sie steckte ihn ins Zündschloss und drehte ihn um. Das Monster von einem Motor reagierte sofort und sprang mit tiefem Röhren an. Lu bedachte uns mit einem dämonischen Grinsen.

»O ja«, sagte sie. »Ich kann damit umgehen.«

Theo warf mir einen nervösen Blick zu. »Ich weiß nicht, was gefährlicher ist – mit Lu in dieses Monster zu steigen oder sich mit dem Butzemann persönlich anzulegen.«

»Leinen los!«, kommandierte Lu.

Ich löste das Bugtau, das um den Poller auf dem Steg gewickelt war, und warf es aufs Deck. Dann schob ich das Boot vom Steg weg, um es aus der Anlegestelle zu bewegen, und sprang an Bord.

Lu stand mit selbstsicherer Miene am Steuer. Sie manövrierte das Boot langsam und vorsichtig, um nicht an die benachbarten Boote zu stoßen. Als wir auf dem offenen Wasser waren, legte sie den Vorwärtsgang ein und es ging los.

»Bis wir aus der Bucht raus sind, muss ich etwas langsamer fahren«, sagte Lu. »Ich darf keine Bugwelle machen … Aber unter diesen Umständen …«, sagte sie und drückte den Gashebel nach vorn.

Es war nicht direkt ein Raketenstart, aber auf jeden Fall schossen wir schneller dahin, als es der Küstenwache gefallen hätte, und erzeugten dabei eine Bugwelle, die alle am Kanal vertäuten Boote kräftig durchschaukelte.

Ich nahm den Beifahrersitz neben Lu ein und Theo ließ sich auf der Bank hinter uns nieder. Meinen Rucksack stellte ich zwischen meine Füße. Ich wollte nicht das Risiko eingehen, dass das Gefäß über Bord ging, wenn Lu so richtig loslegte.

»Du hast also einen Plan, ja?«, erkundigte sich Lu.

»Hab ich. Aber wenn was schiefgeht, dann haut so schnell ab wie nur möglich. Ich möchte euch nicht in Gefahr bringen.«

»Ich glaube, diese Sorge kommt jetzt bisschen zu spät«, sagte Theo, der an seinem Ohrläppchen zupfte.

Wir schossen an Dutzenden vertäuter Boote vorbei und steuerten auf die Mündung des Kanals und den offenen Long-Island-Sund zu.

»Danke, Leute«, sagte ich.

»Du musst dich nicht bedanken«, sagte Lu. »Wir legen auch keinen Wert drauf, dass dieses Schreckgespenst sich an uns heranmacht.«

»Ich weiß, aber eigentlich ist das ja mein Kampf«, sagte ich. »Ich habe schon einmal Eltern verloren. Ich weiß nicht, was ich tun würde, wenn ich noch ein Elternpaar verlieren würde.«

Dazu sagte keiner etwas. Vermutlich stellten sie sich beide vor, sie wären an meiner Stelle. Die eigenen Eltern zu verlieren, war einfach schrecklich, selbst wenn man sich nicht immer blendend mit ihnen verstand.

»Hast du dich mit ihnen versöhnt?«, fragte Lu.

»Ja, meine Mom hat sich mit mir versöhnt«, antwortete ich.

»Sieh an.« Lu tat überrascht. »Na, ich würde sagen, dann bist jetzt du an der Reihe.«

Wir fuhren schweigend, nur das tiefe Grollen des Motors war

zu hören – als sei dieser darüber verärgert, dass man ihn noch daran hinderte, seine volle Kraft zu entfalten. Aber er musste sich nur noch kurz gedulden.

Der Long-Island-Sund ist eine riesige Wasserfläche zwischen der Südküste des Bundesstaats Connecticut und der Nordküste von Long Island. Wenn man nach Westen fährt, kommt man irgendwann nach New York. Ganz im Osten liegt der Atlantik. Die U.S.-Marine hat viele ihrer Atom-U-Boote da draußen liegen, in New London. So tief ist der Sund. Er ist so etwas wie ein Binnenmeer. Es gibt einen weiteren Strand, auf einer Insel etwa zwei Kilometer vom Jachthafen entfernt. Sie heißt Great-Captain's-Insel und im Sommer gibt es eine regelmäßige Fährverbindung dorthin. Sie lässt sich selbst aus großer Ferne nicht übersehen, weil auf der dem offenen Meer zugewandten Seite ein hoher schwarz-weißer Leuchtturm steht, der die kleine Insel überragt. An dem orientieren sich meine Eltern immer, wenn sie nur kurz mal raussegeln wollen.

Vor uns lagen die letzten Bojen, die die Fahrrinne markierten. Dahinter gab es keine Geschwindigkeitsbegrenzung mehr.

»Der Sund ist ganz verlassen«, sagte Theo. »Wenn der Sommer vorbei ist, fährt kaum noch einer hier raus.«

»Gut«, sagte Lu. »Dann kommt uns niemand in die Quere.«

Als wir das letzte Fleckchen Land und die hohen Bäume, die direkt an der Küste wuchsen, hinter uns ließen, lag die Great-Captain's-Insel mit ihrem unverwechselbaren Leuchtturm vor uns. Sie wirkte so weit weg.

»Da ist es«, sagte ich. »Fahr direkt auf den Leuchtturm zu.«

Lu umklammerte das Steuer mit der linken Hand und packte den Gashebel mit der rechten. Ich spannte alle Muskeln an. Lu sah uns an und lächelte listig.

»Haltet euch fest«, sagte sie. »Jetzt wird's lustig.«

Ich packte meinen Sitz und hielt mich fest – keine Sekunde zu früh. Lu rammte den Gashebel nach vor und ich wurde nach hinten in den Sitz gepresst wie ein Kampfpilot, der vom Deck eines Flugzeugträgers startet. Das Motorengeräusch wuchs von einem tiefen Grollen zu einem dröhnenden Donnergetöse an. Das ganze Deck vibrierte, während wir über die spiegelglatte Wasseroberfläche dahinflogen.

»O Mann!«, rief Theo vor Überraschung, vor Aufregung oder vor lauter Angst.

Lu hatte nicht übertrieben. Es fühlte sich an, als würden wir fliegen.

»Es ist ein ruhiger Tag!«, rief Lu über das Röhren des Motors hinweg. »Kein Seegang. In zehn Minuten müssten wir da sein.«

Die Bedingungen waren perfekt. Der Himmel war blau und der Wind hatte sich gelegt, sodass die Wasseroberfläche so glatt war, wie ich es selten gesehen hatte. Eigentlich war es ein miserabler Tag für einen Segeltörn, aber perfekt, wenn man ganz schnell irgendwohin wollte und mehrere Hundert PS einen antrieben.

»Was willst du deinen Eltern sagen?«, fragte Theo.

»Wenn sie nicht in Schwierigkeiten stecken, sage ich ihnen

einfach, dass ich mir Sorgen gemacht habe, sie könnten ohne Wind hier draußen festsitzen. Und dass ich sie deswegen abschleppen wollte.«

»Und wenn sie in Schwierigkeiten stecken?«, fragte Lu.

»Dann werden wir andere Sorgen haben als die, meinen Eltern was zu erklären.«

Fünf Minuten lang schossen wir über die spiegelglatte Oberfläche dahin, behielten die Insel im Auge und beobachteten, wie der Leuchtturm größer wurde, je näher wir kamen. Ich ließ meinen Blick immer wieder über den Horizont wandern und hielt nach etwas Ungewöhnlichem Ausschau. Kein anderes Boot war unterwegs. So spät im Jahr und bei so schlechten Windverhältnissen waren wohl die meisten Segler zu Hause geblieben.

Das war wieder mal mein Glück: Ausgerechnet meine Eltern kümmerten sich nicht um das Wetter und waren trotzdem hinausgefahren.

»Nimm das Fernglas unter deinem Sitz!«, rief Lu.

Ich griff nach unten und zog einen kleinen Feldstecher heraus. Er war winzig, aber die Vergrößerung war unglaublich. Wenn ich ihn vor die Augen hielt, konnte ich die Fenster im Leuchtturm erkennen.

»Siehst du sie?«, rief Theo.

Ich suchte das Wasser rund um die Insel ab.

»Nein!«, rief ich zurück.

»Vielleicht sind sie ja doch woanders hingefahren«, meinte Lu.

Ich weigerte mich, das in Erwägung zu ziehen, denn das hätte bedeutet, sie könnten überall sein. Aber es gab noch eine Möglichkeit, die mir noch viel weniger gefiel. Was, wenn der Boggin sie schon erwischt hatte? Ich schob den Gedanken beiseite und suchte weiter.

»Sieh dir die Küste genau an!«, rief ich zu Theo nach hinten. »Vielleicht sind sie doch an der Küste entlanggefahren.«

Theo drehte sich nach hinten, kniete sich auf die Sitzbank, um besser die Balance halten zu können, und blinzelte gegen die Sonne. Er versuchte, nahe des Festlands, das wir rasch hinter uns ließen, meine Eltern zu entdecken.

»Ich sehe nirgends ein Segel«, erklärte Theo.

»Vielleicht haben sie die Segel eingeholt!«, rief ich. »Bei so schlechtem Wind fahren sie vielleicht mit dem Außenbordmotor.«

»Dann wäre es aber extrem schwierig, sie zu sehen«, sagte Lu.

Ich richtete das Fernglas wieder in Richtung Festland, hielt Ausschau nach einem sich bewegenden Mast. Ich sah nach rechts und dann nach links. Ich entdeckte mehrere Boote, aber es sah so aus, als seien sie fest vertäut. Keine Spur von meinen Eltern.

»Hey, Marcus!«, rief Lu. »Segeln deine Eltern denn ganz um die Insel herum, bevor sie wenden?«

»Ja!«, schrie ich.

»Sieh mal da!« Sie zeigte nach vorn.

Ich drehte mich um, spähte durch das Fernglas und entdeckte die Segel eines kleinen Boots, das gerade hinter der Insel auftauchte und am Leuchtturm vorbeisegelte.

»Das sind sie!«, rief ich erleichtert. »Ich erkenne zwei Leute an Bord. Sie waren hinter der Insel! Es geht ihnen gut!«

Ich hatte mich noch nie so sehr gefreut, meine Eltern zu sehen. Es fühlte sich so an, als habe sich ein gewaltiges Gewicht von meiner Brust gehoben.

»Ich steuere so, dass ich ihnen den Weg abschneide!«, rief Lu »Wir müssten sie in etwa fünf Minuten erreicht haben.«

Ich konnte wieder atmen.

»Hey, was ist, weinst du?«, fragte Lu.

Und wie meine Augen tränten!

»Nein!«, rief ich. »Ist nur der Wind!«

Ich setzte mich auf meinen Sitz hinter die Windschutzscheibe und wischte mir über die Augen. Wenn man mit einer solchen Geschwindigkeit dahinschoss, war der Fahrtwind wirklich gewaltig. Aber das war nicht der Grund, warum mir die Tränen kamen. Erst als ich sah, dass meine Eltern in Sicherheit waren, wurde mir klar, wie groß meine Angst gewesen war, dass ihnen etwas hätte passiert sein können. Ja, ich weinte, aber es waren Tränen der Erleichterung.

Ich hob das Fernglas ans Auge, um noch einmal hinsehen zu können, und sah, dass mein Vater ebenfalls durch sein Fernglas in unsere Richtung sah. Er erkannte mich und winkte. Ich winkte zurück. Meine Erleichterung war grenzenlos.

Plink!

Etwas hüpfte über das Deck vor der Windschutzscheibe.

»Was war das?«, rief ich.

»Weiß nicht«, sagte Lu. »Irgendwas hat uns getroffen.«

Plink! Plink!

Zwei weitere kleine Objekte prallten aufs Deck und hüpften ins Wasser.

»Was war das?«, rief ich und erhob mich aus dem Sitz.

»Hagel«, sagte Theo, der sich zwischen uns drängte.

»Hagel?«, wiederholte ich. »Du meinst Eis aus dem Himmel? Aber da ist doch nicht mal …«

Ich sah nach oben und mir blieben die Worte im Hals stecken. Eine riesige schwarze Wolke war über uns aufgezogen.

»Wo kommt die denn her?«, fragte Lu.

»Nächste Frage: Was ist das?« Theo deutete auf die Steuerbordseite.

Aus östlicher Richtung, aus weiter Ferne, zog eine Nebelwand heran. Sie war so dicht, dass sie wie ein weißer Vorhang wirkte. Und sie kam direkt auf uns zu.

Kapitel 20

Der Himmel öffnete seine Schleusen. Ein Trommelfeuer aus Hagelkörnern traf uns aus der unheimlichen schwarzen Wolke. Die kleinen Eisstücke prallten wie Tischtennisbälle von uns und vom Deck ab und hüpften ins Wasser. Harte, scharfkantige Tischtennisbälle. Begleitet wurden sie von peitschendem, kaltem Regen.

»Ich sehe nichts mehr.« Lu hielt sich die Hand über die Augen, um sich vor dem Bombardement aus dem Himmel zu schützen. »Ich muss anhalten.«

Sie schaltete zurück, und nachdem uns die Bugwelle noch einmal kurz vorwärtsgeschoben hatte, kam das Boot zum Stillstand.

Der Beschuss aus Hagelkörnern ließ nicht nach. Es traf uns heftig, brannte auf unserer Haut. Ich wühlte unter der Rückbank und zog die Plane hervor, die das Boot am Steg geschützt hatte. Wir hielten es alle drei über uns wie einen schwachen Schirm, dankbar für den bescheidensten Schutz gegen den Wolkenbruch.

»Wo kommt denn das jetzt her?« Theos Augen waren weit aufgerissen.

»Rate mal«, antwortete Lu. »Hast du gedacht, wir machen nur Witze über den Boggin?«

»Der Sturm wird stärker«, stellte ich fest.

Der Himmel verdunkelte sich, die Sturmwolke wuchs von innen heraus wie eine sich öffnende Blütenknospe. Eine riesige, graue Killerblüte.

Ich hob das Fernglas an die Augen und sah in Richtung meiner Eltern.

Sturzregen und Hagel hatten auch sie erwischt. Sie reagierten besonnen und holten sofort die Segel ein. Dad verstaute sie unten und Mom senkte die Schiffsschraube des Außenbordmotors ins Wasser. Es war ein Acht-PS-Motor, der hauptsächlich dazu diente, das Boot aus dem Hafen zu manövrieren. Sehr schnell konnte man damit nicht fahren, aber es war immer noch besser, als mit gehissten Segeln einen Sturm zu durchqueren. Das wäre sehr gefährlich gewesen.

»Alles okay bei ihnen!«, rief ich. »Sie fahren unter Motor auf uns zu, sind noch ungefähr einen Kilometer weg.«

»Wir können sie ins Schlepptau nehmen«, sagte Lu. »Ich fahre langsam weiter.«

Lu schob den Gashebel vorsichtig vorwärts und die Schiffsschraube sprang an, schob uns langsam weiter. Unablässig prasselten Hagelkörner auf die Plane über unseren Köpfen. Das ständige Trommeln der Eisbrocken auf den Schiffsrumpf aus

Fiberglas war so laut, dass ich unseren Motor kaum noch hören konnte. Keiner von uns fragte, was hier vorging oder was wohl geschehen würde. Wir konnten einfach nur weiterfahren.

»Der Nebel ist da«, verkündete Theo.

Der weiße Dunst hüllte uns sofort ein. Merkwürdigerweise endeten Hagel und Regen in dem Moment, in dem der Nebel sich um uns legte. Ich warf die Plane herunter, blickte mich um und sah … nichts. Auch das Boot meiner Eltern war nicht mehr zu sehen.

»Hast du ein Signalhorn?«, fragte ich Lu.

Lu klappte ihren Sitz nach oben und zog ein Signalhorn hervor. Ich schnappte es, hielt es über meinen Kopf und drückte auf den Auslöser: Zwei durchdringende, ohrenbetäubende Signale ertönten.

»Aua!«, jammerte Theo und steckte sich die Finger in die Ohren. »Bitte nur mit Vorwarnung.«

Zehn Sekunden später erklang die Antwort auf mein Signal: Zwei Hornstöße von meinen Eltern.

»Ja!«, rief ich. »Wir können sie mit dem Horn in unsere Richtung führen. Ich werde alle 30 Sekunden hupen.«

»Wir sollten jedenfalls nicht schneller fahren als jetzt«, sagte Lu. »Ich möchte sie nicht verfehlen. Oder rammen.«

»Das ist gut«, sagte ich. »Wir haben sie ja gleich, und dann …«

»O Mann, was ist das?«, rief Theo und zeigte seitlich nach vorne.

»Ich sehe nur Nebel«, stellte ich fest.

»Das Wasser.« Die Anspannung in Theos Stimme wurde immer größer. »Da unten ist etwas!«

Er deutete auf eine Stelle etwa 20 Meter vor uns. Das Wasser war ganz ruhig, keine Wellen, nicht die geringste Kräuselung. Aber an der Stelle, auf die Theo deutete, stiegen Luftblasen auf.

»Halt!«, schrie ich Lu zu.

Sofort schaltete sie in den Leerlauf, dann ganz schnell in den Rückwärtsgang. Das Wasser unserer Bugwelle umströmte uns, schob uns vorwärts, aber der Motor kämpfte dagegen, bis wir wieder stillstanden. Wieder erklang die Hupe. Meine Eltern baten um ein Signal. Ich hob das Horn und antwortete kurz, aber meine Aufmerksamkeit blieb auf das Wasser vor uns gerichtet. Das Blubbern wurde stärker.

»Das ist keine natürliche Erscheinung«, sagte Theo.

»Das ist *sie*«, erklärte ich ganz nüchtern.

Das blubbernde Wasser geriet in Bewegung. Zuerst nur ganz langsam und sachte, aber die Entwicklung war dramatisch. Es war ein Strudel. Das Wasser wirbelte gegen den Uhrzeigersinn und erzeugte einen trichterähnlichen Unterwasser-Tornado, der immer größer und größer wurde.

»Zurück, fahr rückwärts!«, schrie ich Lu an.

Lu gab Gas und wir entfernten uns von der Erscheinung.

»Ich spüre den Sog«, sagte Lu. »Er versucht, uns in die Tiefe zu ziehen.«

»Halte dagegen!«, kommandierte ich.

Lu drückte noch stärker aufs Gas, aber gleichzeitig wurde der

Strudel immer stärker. Die Bewegung war so stark, dass sogar der Nebel über uns sich zu drehen begann, ein merkwürdiges, aberwitziges Schauspiel, nur für uns allein.

Ein weiterer durchdringender Hornstoß erscholl aus dem Nebel. Ich hob automatisch meine Hupe, um zu antworten, aber Theo packte mich am Arm.

»Nein!«, warnte er. »Du lockst sie ja direkt in die Falle!«

Ich wandte mich an Lu. »Bring uns hier raus!«

Das musste man Lu nicht zweimal sagen. Sie kurbelte sofort heftig am Steuerrad und beschleunigte, um das Boot vom wirbelnden Wasser wegzusteuern.

»Wir kommen nicht weg!«, rief sie. »Es hält uns fest.«

»Vollgas!«, befahl ich.

Lu drückte den Gashebel nach vorn. Der Motor heulte und jaulte, aber wir bewegten uns nicht. Dieses wirbelnde Monster hielt uns in seinen Klauen.

»Es ist gar nicht schlimm«, sagte ich hoffnungsvoll. »Es ist alles nur Einbildung. Wir brauchen uns vor nichts zu fürchten. Es sieht alles nur echt aus.«

»Da wäre ich mir nicht so sicher«, sagte Theo.

»Der Boggin hat keine physische Kraft«, erklärte ich. »Er erzeugt nur Trugbilder. Wir sehen nur Schatten.«

»Sicher?« Theo hielt mir seinen Arm hin. »Sieht das für dich wie ein Trugbild aus?«

Ein Schnitt zog sich über seinen Oberarm, Blut quoll hervor.

»Wie ist das passiert?«, fragte ich.

»Ein Hagelkorn hat mich getroffen. Wenn der Boggin diesen Sturm geschaffen hat, dann ist er nicht reine Einbildung. Sie hat doch eine gewisse Kontrolle über die physische Welt.«

Ich dachte an den Hammer, den das Schreckgespenst vom Kellerboden aufgehoben und in meine Richtung geschleudert hatte. Die Regeln in diesem Kampf hatten sich verändert.

Wir starrten beide auf den schäumenden Strudel, der jetzt etwa zehn Meter breit war. Er hielt uns fest gefangen. Alles, was in diesen Strudel geriet, würde in die Tiefe gezogen werden. Ich zweifelte nicht daran, dass er groß und stark genug war, um uns hinunterzuziehen, und mit uns gleich noch das Segelboot, das mit jeder Sekunde näher kam.

Waren meine Eltern auf diese Weise gestorben?

Ich stand da und starrte auf den bedrohlichen Wirbel und wusste nicht, was ich tun sollte. Das war alles mein Fehler. Ich hatte meine Familie und meine Freunde in Gefahr gebracht. Ich hätte diesen Schlüssel einfach abgeben und diese Bibliothek nie wieder betreten sollen, egal, was mein biologischer Vater sich von mir wünschte. Dass er selbst die Bibliothek betreten hatte, hatte sich in seinem Leben ja als verhängnisvoller Fehler erwiesen. Und jetzt drohte den Menschen, die mich aufgezogen hatten, dasselbe Schicksal. Alles nur wegen dieser Bibliothek, die angeblich Menschen in übersinnlichen Schwierigkeiten zu Hilfe kam. In diesem Moment fühlte ich mich Everett und seiner Bibliothek voller unvollendeter Geschichten nicht mehr im Geringsten verpflichtet. Aber meinen Eltern fühlte ich mich verpflichtet.

»Hör auf!«, schrie ich und starrte in den grauen Himmel. »Du willst doch den Schlüssel? Komm her! Komm her und hol ihn dir!«

Lu sah mich an. »Was machst du denn, Marcus?«

»Wo bist du?«, schrie ich ins Nichts. »Zeig dich! Zeig dein Gesicht!«

»Marcus, sieh mal!« Theo zeigte in den wirbelnden Trichter.

Eine Wolke aus weißem Nebel erhob sich daraus, bewegte sich auf merkwürdige Weise gegen die Richtung des wirbelnden Wassers. Sie bewegte sich in der Luft weiter und bildete einen kleinen Tornado, der sich in eine dem Strudel entgegengesetzte Richtung drehte. Es war keine natürliche Erscheinung. Dieses Ding hatte einen eigenen Willen.

»Sag noch mal, dass das alles nur Einbildung ist!« Theo wich ängstlich ins Heck des Bootes zurück.

Ich stand breitbeinig da und starrte die Erscheinung an. Was auch immer der Boggin mit uns vorhatte, ich würde nicht vor ihm zurückweichen. Der Dampfwirbel erhob sich weiter, bis er über dem Bug unseres Rennboots stand.

»Ich kann nicht wegfahren!«, rief Lu.

»Gut.« Ich zuckte nicht mit der Wimper.

Der kleine Tornado schwebte noch einen Moment lang über dem Bug, dann tauchte darin ein Schatten auf. Schnell nahm er menschliche Züge an. Der Dampf zog davon, und die alte Frau im grünen Kleid blieb zurück. Sie stand auf dem Bug unseres Boots. Oder schwebte sie darüber?

»Au Mann.« Theo ließ sich nach hinten auf die Rückbank fallen.

»Also, das ist jetzt gerade wirklich so passiert.« Lu stand direkt hinter mir, sah mir über die Schulter.

»Ich … ich hab ja nicht daran geglaubt …«, konnte Theo nur stammeln.

Nun glaubte er daran.

»Du kannst das beenden, mein Kind«, sagte die alte Frau mit einer Stimme, die mir durch Mark und Bein ging, wie das Geräusch einer Messerklinge auf Metall. »Deine Eltern müssen nicht sterben.«

»Sie werden auch nicht sterben!«, rief Lu. »Das sind doch alles nur Schatten!«

Der Himmel öffnete sich erneut und ein Schauer aus schweren, scharfkantigen Hagelkörnern ging auf uns nieder. Sie trafen. Sie schmerzten.

»Au!« Ein Eisbrocken hatte Lu an der Stirn getroffen und eine scheußliche Wunde geschlagen. Die Wucht des Aufpralls warf sie nach hinten und sie fiel auf die Bank neben Theo.

Zwar war auch ich dem Bombardement ausgeliefert, aber ich rührte mich nicht, zuckte nicht. Ich hielt meinen Blick fest auf das Schreckgespenst gerichtet. Der Schauer endete abrupt.

»Über die Jahrtausende hat meine Kraft zugenommen«, sagte der Boggin ruhig. »Die Furcht ist eine mächtige Waffe, die den stärksten Willen brechen kann.«

»Selbst Ihren Willen«, sagte ich herausfordernd.

Der Geist lachte.

»Das glaubst du nicht wirklich, oder?«, fragte sie verächtlich.

»Doch«, sagte ich. »Auch Sie fürchten sich.«

»Was könnte ich denn fürchten?«

Ich fühlte mich wie ein Angler, der ein erstes verräterisches Zucken an seiner Angelschnur spürt.

»Sie fürchten sich vor der Bibliothek der Geister.«

»Diese Bibliothek ist nichts weiter als ein Ärgernis«, sagte sie barsch.

Ich hatte einen Nerv getroffen. Der Fisch hatte angebissen.

»Warum möchten Sie sie dann zerstören?«

»Weil ich es leid bin, dass mich ständig jemand in Schach halten will.«

»Dann haben Sie also doch Angst vor ihr.«

»Ich habe vor überhaupt nichts Angst!«, rief sie mit wachsendem Zorn.

»Das glaube ich Ihnen nicht«, spottete ich.

Ich kniete nieder, zerrte das Metallgefäß aus meinem Rucksack und hielt es ihr vor die Nase.

»Sie wissen, was das ist?«, fragte ich.

Immerhin zuckte sie ein kleines bisschen zusammen.

»Glaubst du etwa, allein der Anblick dieses groben Kerkers reicht aus, um mir Angst einzujagen?«

»Nein.«

Ich ging ein paar Schritte vorwärts und stellte die Metallkiste aufs Deck, direkt unter die Stelle, über der sie schwebte. Ich öffnete den Deckel mit einem Fußtritt und machte einen Schritt rückwärts.

»Aber die Vorstellung, darin gefangen zu sein, die macht Ihnen schon Angst«, sagte ich.

Sie schüttelte voller Verachtung den Kopf. »Kind, ich war jahrhundertelang am Stück in ähnlichen Gefäßen eingeschlossen. Daran kann mir nichts Angst einjagen.«

»Beweisen Sie es«, sagte ich. »Schlüpfen Sie hinein.«

Sie starrte die Kiste an. Wenigstens in diesem kurzen Augenblick sah sie einfach nur aus wie eine ängstliche alte Frau, nicht mehr wie das größte Schreckgespenst eines Menschen.

»Ich habe es überhaupt nicht nötig, dir etwas zu beweisen«, erklärte sie schließlich.

Vom Boot meiner Eltern her ertönte wieder die Hupe. Ich zuckte überrascht zusammen, denn es befand sich schon gefährlich nah am Strudel.

Ich griff in meinen Ausschnitt und zog die Lederschnur mit dem Schlüssel über den Kopf.

»O Mann, Marcus, bist du sicher?«, sagte Lu warnend.

Ich hielt den Schlüssel in meiner Faust und sagte zu dem Dämon: »Ich tue das, um sie zu retten, aber Sie müssen dafür auch etwas tun. Beweisen Sie mir, dass Sie keine Angst haben.«

»Und wie könnte ich das?«, fragte sie. Ihre Stimme überschlug sich beinahe vor Aufregung: Gleich würde sie den Schlüssel in den Händen halten.

»Ich übergebe Ihnen den Schlüssel«, sagte ich.

Ich ließ den Schlüssel fallen. Er landete mit metallischem Scheppern auf dem Boden der Kiste.

»Aber Sie müssen ihn schon holen.«

»O Mann.« Lu wirkte niedergeschmettert.

Im Blick des Schreckgespensts, der in das Gefäß gerichtet war, lag eine Mischung aus Furcht und Verlangen. Es wollte diesen Schlüssel haben. Es brauchte diesen Schlüssel. Die Bibliothek war das Einzige auf der Welt, was den Dämon in Gefahr brachte. Er war dicht vor dem Ziel. Er musste nur noch in die Kiste hineinschlüpfen.

Theo und Lu erhoben sich und stellten sich hinter mich. Alle Blicke waren auf das Schreckgespenst gerichtet, erwarteten den nächsten Schritt von ihm.

»Du meinst also, das macht mir Angst?«, fragte die alte Frau. Sie starrte immer noch in die Kiste. »Egal was passiert, am Ende gewinne ich immer, denn ich habe etwas, an dem es euch Sterblichen mangelt.«

»Und was ist das?«, fragte ich.

»Zeit«, sagte sie. »Ich existiere seit Tausenden von Jahren und ich werde noch viele weitere Tausend Jahre existieren. Wenn es eine Sache gibt, die ich gelernt habe, dann ist es Geduld. Ich werde immer da sein, immer auf der Lauer, denn ich habe alle Zeit der Welt.«

Die alte Frau wirbelte herum und verwandelte sich in Rauch. Der schwarze Schatten verfärbte sich weiß und der wirbelnde Nebel senkte sich in Richtung Kiste. Ich hielt den Atem an. Lu packte mich am Arm und drückte ihn. Die weiße Wolke schrumpfte zusammen und schlüpfte in die Kiste.

»Jetzt, schnell!«, schrie Theo.

Mit einem Fußtritt schloss ich die Kiste und stürzte mich aufs Deck. Den Kupferdraht hielt ich schon in der Hand. Schnell führte ich ihn durch die Ösen und verdrehte die Enden, um sicherzugehen, dass er nicht herausfallen konnte.

»Dreh ihn ganz fest!«, befahl Lu.

Ich verdrehte ihn noch einmal, dann stand ich auf und machte einen Schritt rückwärts, sodass ich neben meinen Freunden stand. Wir drei starrten auf die Kiste und warteten, was jetzt passieren würde. Vielleicht hüpfte sie gleich los? Vielleicht würde sie explodieren? Würde der Deckel krachend auffliegen und der Boggin sich wutentbrannt auf uns stürzen wie ein zorniger Tasmanischer Teufel?

»Bist du sicher, dass so ein bisschen dünner Draht ihr standhält?«, fragte Theo ängstlich.

»Es geht nicht darum, wie stark der Draht ist. Es geht darum, woraus er besteht. Bist du sicher, dass er aus Kupfer ist?«

»Hundertprozentig!«, sagte er selbstsicher. »Die Kabelhersteller benutzen reines Kupfer, weil das so besonders leitfähig ist, und …«

Plötzlich fing die grüne Kiste an zu leuchten. Sie war in einen warmen Lichtschein gehüllt und schien zu glühen. Überrascht wichen wir noch einen Schritt weiter zurück.

»Sie brennt ein Loch rein!«, rief Lu.

Das warme Leuchten wurde noch greller, erhellte nicht nur die Kiste, sondern das ganze Deck um sie herum.

»Wenigstens habe ich gedacht, es ist reines Kupfer«, flüsterte Theo mit zitternder Stimme.

Das Licht wurde so hell, dass ich mir die Augen mit der Hand abschirmen musste.

»Es ist alles in Ordnung«, sagte ich und deutete in den Himmel. »Sie kommt nicht mehr raus.«

Wir alle richteten unsere Blicke nach oben und beobachteten, wie die schwarzen Wolken sich auflösten und die Sonne hindurchblinzelte. Es hagelte nicht mehr. Das warme Glühen stammte nicht vom Boggin. Es war das Licht der Sonne, das aufs Boot traf.

Der wirbelnde Strudel vor uns wurde langsamer. Der Trichter in der Mitte schloss sich mit einem Gurgeln und die Oberfläche des Sunds lag wieder ganz ruhig da.

»Mir war klar, dass es reiner Kupferdraht ist«, sagte Theo stolz.

»Seht mal!«, rief Lu.

Ein Segelboot tauchte aus dem Nebel vor uns auf der Backbordseite auf.

»Na, das war aber jetzt wirklich in allerletzter Minute.« Lu seufzte erleichtert.

Das Boot wirkte wie eine Geistererscheinung, wie es da so aus dem Nebel auftauchte.

»Moment mal«, sagte Theo. »Warum sind die Segel gehisst?«

Ein Blick aufs Boot lieferte die Antwort.

»Das sind nicht meine Eltern«, sagte ich. »Unser Boot ist viel kleiner als das hier.«

Dieses Segelboot war beinahe zweimal so lang wie unseres. Es sah aus wie ein historisches Boot mit vielen geschnitzten Teakholz-Verzierungen und einem großen silbernen Steuerrad am Heck. Unser Boot war nur für kurze Strecken ausgelegt, aber dieses Prachtboot hier sah so aus, als sei es in der Lage, in unruhigeren Gewässern zu kreuzen.

»Wo kommen die jetzt her?«, fragte Theo.

Das wunderschöne Boot näherte sich uns von Backbord geräuschlos bis auf mehrere Meter. Ich konnte meinen Blick nicht von ihm abwenden, als es so perfekt aufgetakelt und mit windgeblähten Segeln vorüberfuhr. Allerdings wehte überhaupt kein Wind. Etwas war seltsam.

»Wer ist dieser Typ?«, fragte Lu.

Ganz vorne in der Bugspitze stand ein Mann, dessen Anblick mich überraschte – allerdings war mir diesmal klar, warum er da war. Und ich hatte keine Angst. Es war Michael Swenor. Er trug Khakishorts und einen Pullover, die übliche Seglerkleidung eben. Ganz anders als bei unseren ersten Begegnungen, bei denen mir sein trauriger, gehetzter Blick Furcht eingeflößt hatte, machte er mir überhaupt keine Angst. Michael wirkte richtig entspannt. Und glücklich. Als das geschmeidige Boot näher kam, hob er die Hand und grüßte mich.

»Du kennst den?«, fragte Theo.

»Ja«, bestätigte ich.

»Und worüber freut er sich so?«, fragte Lu skeptisch. »Der Sturm muss ihn doch auch erwischt haben.«

»Ich glaube, er freut sich, weil seine Geschichte endlich fertig geschrieben ist«, sagte ich.

»Ach so«, sagte Lu. »Moment mal, was?«

Voller Stolz erwiderte ich Michael Swenors Gruß. Er würde jetzt in Frieden ruhen können.

Als das Boot vorüberglitt, erkannte ich, dass sich noch zwei weitere Personen an Deck befanden. Ein Mann und eine Frau. Der Mann hielt das Steuer hinten am Heck, und die Frau stand neben ihm. Sein Arm lag um ihre Taille. Beide trugen Segelkleidung, so wie Michael. Sie wirkten wie ein Paar, das seinen morgendlichen Segelausflug in vollen Zügen genoss. Und sie kamen mir bekannt vor.

Als sie noch näher kamen und ich sie besser erkennen konnte, beschlich mich das sichere Gefühl, ihnen schon einmal begegnet zu sein. Sie waren mir vollkommen vertraut und auch wieder nicht. Erst als wir uns direkt gegenüberstanden, so nah wie es nur ging, verstand ich.

Der Mann sah aus wie ich. Wie eine erwachsene Ausgabe von mir. Er bedachte mich mit einem breiten Lächeln und hielt den Daumen hoch. Die Frau warf mir eine Kusshand zu und winkte. Als wir uns ganz nah waren, konnte ich erkennen, dass sie durch bittersüße Tränen hindurch lächelte.

»Und die beiden kennst du auch?«, fragte Lu ungläubig.

Ich winkte wie betäubt zurück. Ich wollte lachen und rufen

und vielleicht selbst auch ein bisschen weinen. Ich fühlte mich ganz vollständig und gleichzeitig sehr allein. Aber wenn es in diesem Moment ein Gefühl gab, das alle anderen überstrahlte, dann war es Stolz. Meine Eltern waren stolz auf mich.

»Das sind meine Eltern«, sagte ich.

»Nein, das sind sie nicht!«, wehrte Theo verächtlich ab. »Die sehen doch überhaupt nicht aus wie …«

Er stockte und wir beobachteten stumm, wie das Boot vorüberglitt.

»… Geister …«

Das Bild, das ich für immer im Herzen tragen werde, zeigt zwei glückliche Menschen, die mit ihrem Freund an einem schönen Nachmittag einen Segelausflug unternehmen und mich breit und liebevoll anlächeln. Mein Vater hob zwei Finger und machte meiner Mutter Hasenohren. Und dann waren sie weg, verschwunden im kühlen Herbstnebel.

»Und das ist jetzt wirklich gerade passiert«, sagte Lu verblüfft.

Das grelle Tuten eines Nebelhorns riss uns in die Gegenwart zurück.

Mit knatterndem Motor näherte sich das Segelboot von Mom und Dad. Der Nebel lichtete sich und die Sonne färbte die Wasseroberfläche bunt. Mom beugte sich zu uns herüber, sie hielt ein Tau bereit.

»Kinder, ist bei euch alles in Ordnung?«, rief sie.

Sie wirkte etwas gebeutelt. Theo, Lu und ich sahen einander an und lachten.

»Alles klar bei uns!«, rief ich zurück. »Und wie ist es mit euch?«

»Zu Tode erschrocken«, sagte Mom und warf mir das Seilende zu.

Wir legten uns alle ins Zeug, um das Segelboot längsseitig an das Schnellboot zu ziehen. Dad stoppte den Außenbordmotor und wir trieben gegeneinander.

Mom sprang sofort in unser Boot, nahm mich in die Arme und drückte mich fest an sich.

»Das war grauenhaft!«, rief sie. »Ich habe mir solche Sorgen um euch gemacht!«

Sie öffnete ihre Umarmung so weit, dass sie Lu und Theo in ihre mütterliche Geste einschließen konnte. Sie ließen sich beide darauf ein und wir lächelten einander zu. Keiner verdrehte die Augen.

»Was haben Sie gesehen?«, fragte Lu.

»Hagel!«, sagte meine Mutter. »So etwas haben wir noch nie erlebt. Theo, du bist verletzt! Und Lu, du hast eine Wunde an der Stirn!«

»Uns fehlt nichts«, versicherte Lu. »Nur ein paar Kratzer.«

»Ich hole das Verbandszeug«, sagte Mom.

»Und mehr habt ihr nicht gesehen?«, fragte ich.

»Was gab es denn sonst noch zu sehen?« Dad beugte sich vom Segelboot herüber. »In dieser Waschküche? Ich hatte Angst, euch zu rammen. Was macht ihr überhaupt hier draußen?«

Lu und Theo sahen mich an. Das war mein Einsatz. Ich musste eine Antwort liefern.

»Es war so windstill, dass wir gedacht haben, ihr würdet hier nicht mehr wegkommen. Der kleine Außenbordmotor bringt ja nichts, deswegen sind wir rausgefahren, um nachzusehen, ob wir euch abschleppen müssen. Wir hatten ja keine Ahnung, dass plötzlich so ein Sturm aufziehen würde.«

Ich sah Theo und Lu an. Beide nickten. Sie hatten es kapiert. Ich würde meinen Eltern nicht die ganze Geschichte erzählen. Jetzt schon gar nicht mehr, wo alles vorüber war und keine Gefahr mehr bestand.

»Ach, danke schön.« Mom ließ uns los. »Ihr seid die Besten.«

»Und ob.« Lu grinste stolz.

»Ich bin einfach nur froh, dass wir jetzt alle in Sicherheit sind«, sagte Mom. »Aber mir ist vielleicht kalt! Wir haben genügend warme Sweatshirts für alle.«

Sie drückte uns ein letztes Mal, dann ließ sie uns wieder los. Dann machte sie einen Schritt vorwärts in Richtung Bug und stolperte aus Versehen über das Metallgefäß, das auf dem Deck zwischen den Sitzen stand. Wir hielten alle drei die Luft an – wenn der dünne Kupferdraht bloß nicht riss! Ich hechtete vor und fing Mom auf, bevor sie aufs Deck stürzte.

»Aua!«, schrie sie. »Ich bin vielleicht schusselig!«

»Entschuldigung.« Lu bückte sich schnell nach der Kiste. »Da ist Werkzeug drin. Ich hätte sie nicht einfach hier stehen lassen dürfen.«

Sie drückte Theo die Kiste in den Arm.

»Lass sie nicht fallen!« Lus Augen blitzten.

»Keine Sorge«, murmelte Theo.

Während Lu und Dad gemeinsam das Abschleppseil befestigten, packte mich Mom an den Schultern und beugte sich über mich.

»Danke, dass du hergekommen bist.«

»Kein Problem.« Ich zuckte mit den Schultern. »Du bist meine Mom. Vielleicht kannst du mich ja noch brauchen.«

Einen Moment lang glaubte ich, in ihren Augen Tränen schimmern zu sehen. Sie zog mich an sich und drückte mich noch einmal. Es war peinlich, ja. Aber das war in Ordnung. Offensichtlich war sie eben doch der anhängliche Typ. Theo und Lu würden sich bestimmt nicht darüber lustig machen. Sie wussten ja, was ich auf mich genommen hatte, um meine Eltern zu retten.

Mom kletterte zurück in unser Segelboot und holte trockene Sweatshirts und den Verbandskasten. Einen kurzen Moment lang waren Theo, Lu und ich wieder unter uns.

»Ich finde es gut, wenn Geschichten gut enden«, sagte Lu.

»Ich auch«, erwiderte ich. »Allerdings ist das noch nicht ganz das Ende der Geschichte.«

Kapitel 21

Zwei Stunden später saßen Lu, Theo und ich nebeneinander auf dem Fußende meines Betts und betrachteten das Gefäß, das auf meinem Schreibtisch stand.

»Es sieht so unschuldig aus«, stellte Theo fest. »Man kann sich gar nicht vorstellen, was da drin ist.«

»Dieser Draht wirkt nicht sehr stabil«, meinte Lu.

»Das Problem lösen wir noch«, sagte ich. »Ich möchte, dass niemand je wieder diese Kiste aufmacht.«

»Du hast richtig gehandelt, Marcus«, sagte Lu ein bisschen traurig. »Es war das Klügste. Du hast das Ungeheuer super ausgetrickst. Aber du hast dafür auch einen hohen Preis bezahlt. Der Schlüssel ist mit dem Boggin in die Kiste eingesperrt. Wir werden die Bibliothek der Geister nie wieder betreten. Kein Mensch wird sie betreten. Keine der anderen Geschichten wird jemals zu Ende geschrieben werden.«

Die beiden sahen ziemlich niedergeschlagen aus. Ich konnte ihre Gedanken lesen. Lu dachte an ihre Cousine und Theo machte sich Sorgen wegen seines vierzehnten Geburtstags.

»Ich hoffe bloß, es war die Sache wert«, murmelte Theo.

Ich stand auf. »Ihr könnt übrigens noch eine ungeklärte Frage beantworten.«

»Wirklich?« Lus Miene hellte sich auf.

»Und was?«, fragte Theo.

»Für wie dumm haltet ihr mich?«

Die beiden warfen einander ratlose Blicke zu.

»Was für eine Frage ist das?«, wollte Theo wissen.

»Glaubt ihr denn wirklich, ich wäre so dumm, den echten Schlüssel in die Kiste zu werfen?«

Sofort saßen die beiden kerzengerade da. Ich griff in meine Jeanstasche und zog den echten Schlüssel hervor. Überrascht sprangen die beiden auf.

»Du hast die Schlüssel vertauscht?«, rief Lu.

»Ich habe im Keller ein paar alte Schlüssel gefunden, als ich nach dem Kupfer gesucht habe. Und da bin ich auf die Idee gekommen, die alte Hexe auszutricksen.«

Theo sagte: »Das heißt, das Schreckgespenst steckt da drin mit …«

»Mit einem Schlüssel, der wahrscheinlich in einen alten Schrank in unserem Keller passt. Ich möchte ja jetzt nicht zu dick auftragen, aber ich hoffe schon, dass sie das weiß.«

»Ach, bitte, du kannst ruhig dick auftragen«, sagte Lu. »Das ist so cool.«

»Das bedeutet also, dass wir doch noch die Chance haben, unsere eigenen Geschichten zu finden?«

Ich betrachtete den matt angelaufenen Messingschlüssel, seinen kleeblattförmigen Griff. Er sah so normal aus. Es war schwer zu glauben, dass ihm solch ein verblüffender Zauber, solch eine Kraft innewohnte.

»Ja, klar«, sagte ich. Ich ging zu meinem Schreibtisch, griff nach der Kiste und wandte mich zu meinen Freunden um. »Seid ihr bereit?«

»Jetzt?«, stammelte Theo. »Jetzt sofort?«

Ich ging zur Zimmertür und spürte wieder, wie der Schlüssel sich in meiner Hand erwärmte. Ich hielt ihn in Richtung Tür und das Schlüsselloch erschien.

Theo schnappte nach Luft. »Jetzt habe ich doch schon so viel erlebt, warum bin ich bloß immer noch überrascht?«

»Gewöhn dich dran«, sagte Lu. »Das ist erst der Anfang.«

Ich drehte den Schlüssel und öffnete die Tür so weit, dass man die Bücherstapel dahinter erkennen konnte. Theo sah genauso verblüfft aus wie Lu, als ich sie zum ersten Mal hierhergebracht hatte. Ein Lachen ertönte von weiter hinten. Everett amüsierte sich gerade über etwas.

Wir hasteten durch die Bücherkorridore und erreichten die Ausleihtheke, an der der Geister-Bibliothekar saß und – natürlich – ein Buch las.

»Also, das war nun wirklich perfekt.« Everett kicherte. »Du hast die Schlüssel vertauscht und den Dämon so lange provoziert, bis er in das Gefäß geschlüpft ist. Genial, Marcus, genial.«

»Ja, habe ich auch gedacht«, sagte ich.

Everett warf Theo einen kurzen Blick zu. »Du musst Theo sein. Schnell reagiert mit dem Kupferdraht, Junge.«

Theo stand mit aufgeklapptem Mund da. Zum ersten Mal erlebte ich ihn sprachlos.

»Ist das das Buch über Michael Swenor?«, erkundigte sich Lu.

»So ist es. Was ist das für eine Geschichte!«, erwiderte Everett. »Nun hat sich herausgestellt, dass es gar nicht um die Übergabe des Schlüssels an dich ging, Marcus, sondern darum, den Boggin wieder einzufangen. Mit diesem Ereignis hat die Geschichte ein Ende gefunden.«

Everett hielt uns das Buch so hin, dass wir die letzte Seite lesen konnten. Unter dem letzten Absatz stand es jetzt, das Zauberwort.

»Ende«, las ich laut.

»Mein Lieblingswort«, sagte Everett. »Jetzt braucht es noch einen Titel. Jedes Buch braucht einen Titel.«

Wir standen alle eine Weile ratlos da.

»Wie wäre es mit *Der geheimnisvolle Bote?*«, fragte Theo

Wir sahen ihn überrascht an.

Theo zuckte mit den Achseln. »Ihr wisst schon, weil Michael Swenor Marcus den Schlüssel gebracht hat und so weiter.«

»Ich weiß nicht«, sagte ich. »Am Ende ging es in der Geschichte doch um viel mehr.«

»Dann nennen wir es einfach nach dem, was es war«, sagte Lu. »*Der Fluch des Boggin.*«

Everett hob eine Augenbraue und sah mich an.

»Das kommt der Sache näher«, sagte ich.

»Gut, dann bleiben wir beim *Fluch des Boggin*!«, verkündete Everett. Er schlug das Buch zu. »Willkommen im Team, Theo.«

Theo zupfte sich am Ohr und lächelte unsicher.

Everett sagte: »Ich kann es jetzt bei den anderen Boggin-Geschichten einsortieren, in die Abteilung *Abgeschlossen*.«

Wir sahen Everett zu, als er die Gänge zwischen den vollendeten Geschichten durchschritt und den neuesten Band einsortierte.

»Und was mache ich jetzt damit?« Ich schob die Metallkiste quer über die Theke. »Ich kann das ja jetzt nicht in mein Zimmer zu den Fußballpokalen stellen.«

»Vergrab das Ungeheuer«, sagte Everett. »Versenke es in einer Gruft. Such einen Ort, an dem es niemand mehr finden kann. Das alles ist ja nicht zum ersten Mal passiert. Ich habe ganze Regale voller Bücher, die davon erzählen.«

»Gut, dann muss ich mir wohl etwas überlegen«, sagte ich.

»Du musst dir noch mehr überlegen«, sagte Everett. »Es gibt ja noch das Problem mit dem verschwundenen Buch. Wir wissen immer noch nicht, warum Michael Swenor den Boggin freigelassen hat oder wer ihn dazu gebracht hat. Hier kommt noch eine ganz andere Geschichte ins Spiel.«

»Wir haben auf dem Meer meine Eltern gesehen«, sagte ich. »Meine biologischen Eltern.«

»Sie waren so was wie … Geister«, sagte Theo.

Lu fragte: »Waren sie so was wie Geister oder waren sie wirklich Geister?«

»Verschon mich mit solchen Fragen«, erwiderte Theo. »Das ist nicht mehr mein Fachgebiet.«

»Ich glaube, in dem verschwundenen Buch steht die Geschichte meiner Eltern«, sagte ich. »Es könnte davon handeln, was ihnen wirklich passiert ist.«

»Soll das heißen, dass du versuchen wirst, die Geschichte zu beenden?«, fragte Everett.

Alle Blicke richteten sich auf mich. Ich starrte in einen der langen Korridore zwischen den Regalen mit den unvollendeten Geschichten. Es war entmutigend – so viele Geschichten von Menschen zu verschiedenen Zeiten, an verschiedenen Orten – Menschen, in deren Leben es zu einer Störung gekommen war. Wie Everett sagte: Keiner konnte berichten, was aus ihnen geworden war, denn das Ende hatte sich noch nicht abgespielt. Aber eines wussten wir: Man konnte die Geschichten beenden.

»Dass ich nicht gewusst habe, wer meine Eltern waren und was ihnen passiert ist, hat mich mein ganzes Leben lang gequält. So wie ich die Sache sehe, habe ich jetzt die Chance, einige meiner eigenen Geister zur Ruhe kommen zu lassen. Und wenn ich schon dabei bin, helfe ich vielleicht gleich auch anderen Leuten, die in rätselhaften Geschehnissen feststecken.«

»Mir zum Beispiel«, sagte Lu.

»Und mir«, ergänzte Theo.

Ich sah Everett in die Augen. »Ich hätte da zwei neue Forschungsprojekte für Sie.«

»Es wäre mir eine Ehre.« Everett zwinkerte mir zu. »Das ist ja meine Aufgabe.«

»Du wirst Hilfe brauchen, Marcus«, sagte Lu.

»Hundertprozentig«, fügte Theo hinzu. »Von jemandem, der intelligenter ist als du.«

»Genau«, bestätigte Lu. »Und von Theo auch.«

Theo warf ihr einen vernichtenden Blick zu. Lu grinste nur.

»Im Ernst, Leute? Ihr beide würdet mir helfen, ein paar dieser Rätsel zu lösen?«

»Moment mal«, sagte Lu. »Du fragst mich gerade, ob ich bereit bin, mich auf ein geheimnisvolles Abenteuer voller Spannung und Gefahren einzulassen? Kennen wir uns? Sind wir uns schon mal begegnet?«

»Das heißt Ja«, sagte Theo.

Ich sah Everett an. »Dann haben Sie hier drei neue Agenten.«

Aber bevor wir daran denken konnten, uns auf eine neue Geschichte einzulassen, musste ich noch eine wichtige Angelegenheit regeln.

An einem Sonntagnachmittag saß ich neben Lillian Swenor in einem Park nahe der Bahnstation von Stony Bridge. Alex schaukelte auf dem Spielplatz. Er war nicht besonders begeistert, mich zu sehen. Vermutlich fiel es ihm immer noch schwer zu akzeptieren, dass er mir den Schlüssel überlassen hatte. Das Leben dieser beiden Menschen würde nie mehr so sein wie früher – und die Schuld daran trug der Boggin. Ich musste Mrs Swenor erklären, dass Michael seinen Frieden gefunden hatte, auch wenn ich nicht eine Sekunde lang damit rechnete, dass sie mir glauben würde. Aber versuchen musste ich es wenigstens. Ich saß lange da und suchte nach den richtigen Worten. Und dann fand Mrs Swenor selbst diese Worte.

»Ist Michaels Geschichte beendet?«, fragte sie.

Ich war von dieser Frage so überrascht, dass ich gar nicht wusste, was ich sagen sollte. In ihren Augen lag so ein Funkeln, dass ich plötzlich ahnen konnte, was für ein fröhlicher Mensch sie vor Michaels Tod gewesen war.

»Mach nicht so ein überraschtes Gesicht«, sagte sie. »Michael hat mir einiges über die Bibliothek der Geister erzählt. Ehrlich gesagt habe ich ihm nicht geglaubt. Aber jetzt glaube ich es.«

»Dann also ja, die Geschichte ist beendet«, sagte ich. »Ich glaube nicht, dass ich ihn noch mal sehen werde.«

Mrs Swenor seufzte tief. »Ich nehme an, das ist gut so. Danke, Marcus.«

»Wofür?«

»Michael hat seinen Frieden gefunden und ich auch.«

Alex kam herübergerannt. Er war ganz außer Atem, weil er einige Runden um die Rutschbahn gelaufen war.

»Mom, können wir jetzt gehen?«, fragte er.

»Gleich«, sagte ich. »Alex, es tut mir leid, dass ich den

Schlüssel mitgenommen habe. Ich weiß, wie viel er dir bedeutet hat, weil er deinem Vater gehört hat, und ich schäme mich dafür, dass ich ihn dir wegnehmen musste.«

Alex zuckte mit den Achseln und sah schweigend zu Boden.

»Aber ich glaube, ich kann dir dafür etwas viel Besseres geben.« Ich griff in die Tasche meines Kapuzenpullovers.

»Mein Vater hat sich gewünscht, dass ich den Schlüssel bekomme«, sagte ich. »Und ich bin mir ganz sicher, dein Vater hätte sich gewünscht, dass du das hier bekommst.«

Ich zog Michael Swenors Feuerwehrabzeichen hervor. Alex' Augen leuchteten, als ich ihm den Schatz auf der Handfläche hinhielt.

»Michaels erstes Abzeichen! Ich habe gedacht, er hätte es verloren!«, rief Mrs Swenor. »Wo hast du es gefunden?«

»Ein guter Freund hat es aufgehoben, bis ich es dahin bringen konnte, wo es hingehört. Es gehört dir, Alex.«

Alex sah seine Mutter fragend an. Diese nickte begeistert. Alex zögerte keine weitere Sekunde und nahm sich das Abzeichen seines Vaters. Er sah es an, als sei es der größte Schatz, den er sich nur vorstellen konnte. Und so war es ja auch.

»Danke, Marcus«, sagte Alex. »Schade, dass du meinen Vater nicht gekannt hast. Du hättest ihn gemocht.«

»Ich weiß«, sagte ich.

Mrs Swenor befestigte das Abzeichen an Alex' Jacke. Er platzte beinahe vor Stolz und mir ging es genauso. In diesem Moment verflogen alle Zweifel, die ich vielleicht zuletzt noch gehegt hatte. Ich wollte tun, was ich konnte, um den Menschen zu helfen, die unter den unvollendeten Geschichten in der Bibliothek litten. Dass ich die Chance dazu hatte, war ein Geschenk meines Vaters, und ich war bereit, dieses Geschenk anzunehmen.

Einige Tage später waren Theo, Lu und ich wieder mit dem Sportboot von Lus Vater auf dem Meer unterwegs. Ich hatte beim Baumarkt ein Stück Kupferrohr besorgt und den Werkstattleiter der Schule überredet, es einzuschmelzen und damit alle Ritzen des Gefäßes zu versiegeln. Ich hatte behauptet, es sei ein Projekt für den Kunstunterricht. Er stellte keine weiteren Fragen. Ich glaube, es machte ihm Spaß, den Schmelzofen anzuwerfen und flüssiges Metall zu gießen.

Mein nächster Weg führte mich zu einem Geschäft für Bootszubehör. Dort erstand ich die schwerste Ankerkette, die ich in meinen Rucksack packen konnte, ohne durch ihr Gewicht vom Fahrrad gezogen zu werden. Außerdem kaufte ich einen zwölf Kilo schweren Anker.

Wir sahen uns Seekarten an und stellten fest, dass die tiefste Stelle des Sunds mit dem Boot zu erreichen war. Wir brauchten in Mr Lus wahnsinnigem Flitzboot gerade mal 20 Minuten, um zu dieser Stelle zu gelangen.

Es war ein ruhiger, sonniger Tag. Als Lu den Motor ausgemacht hatte, lag alles friedlich und still da. Keiner redete darüber, aber wir alle richteten immer wieder nervöse Blicke auf den Horizont, in der Befürchtung, der Boggin könne noch immer aus dem Nichts einen Sturm heraufbeschwören. Aber es war nichts zu sehen – nur klarer, blauer Himmel und bauschige weiße Wölkchen. Der Boggin hatte keine Macht mehr. Wir bestatteten ihn. Es war eine Seebestattung.

»Müssen wir etwas sagen?«, fragte Theo. Wir standen nebeneinander im Heck des Bootes.

»Ja: Gut, dass wir die los sind!«, sagte Lu.

»Aus irgendeinem Grund möchte ich das nicht tun«, gestand ich.

»Das meinst du nicht ernst!« Theo starrte mich an.

»Nein, nicht so richtig. Ich hoffe, dieses Ding liegt mindestens 1000 Jahre lang da unten.«

»Wie wäre es mit für immer und ewig?«, fragte Lu.

»Ja, aber irgendwie habe ich das Gefühl, die Wahrheit über das Schicksal meiner Eltern ist jetzt da unten mit ihr gefangen.«

»Fang bloß nicht damit an«, sagte Lu warnend. »Michael Swenor hat das Siegel aufgebrochen und du hast ja gesehen, was er sich damit eingebrockt hat.«

»Ja, das ist noch so eine Sache«, sagte ich. »Wenn mein Vater den Boggin vor zwölf Jahren gefangen hat, dann müsste man doch annehmen, er hätte das Gefäß irgendwo versteckt, wo keiner es finden konnte.« .

»Ja, und?«, fragte Lu

»Also, wie ist Michael Swenor drangekommen? Wer war der Typ, der ihn kontaktiert hat, bevor er das Gefäß aufbrach? Und warum hat er das Siegel überhaupt aufgebrochen?«

Die Fragen hingen schwer über uns. Wir starrten auf die in Ketten gewickelte Kiste.

»Vielleicht sollten manche Geheimnisse besser auch Geheimnisse bleiben«, sagte Theo.

Das glaubte ich keine Sekunde lang. Das war ein Geheimnis, das ich unbedingt lüften wollte.

»Dann los«, kommandierte ich.

Wir mussten den beschwerten Behälter zu dritt auf die Reling hieven. Dort hielten wir ihn einen Moment lang fest, balancierten ihn auf der Kante. Lu nahm Theos Arm und zog ihn vorsichtig weg, sodass ich das Gefäß nun ganz allein festhielt.

»Dein Einsatz, Marcus«, sagte sie.

Ich sah das Gefäß an. »Ich weiß nicht, ob du mich hören kannst«, sagte ich. »Aber ich werde die Wahrheit erfahren. Ich werde dieses Buch finden und ich werde erfahren, was meinen Eltern passiert ist. Und weißt du, was … die Bibliothek der Geister, die du so hasst … Wir werden noch jede Menge weitere Geschichten beenden und du kannst nicht das Geringste dagegen tun. Du hast vielleicht alle Zeit der Welt, aber die verbringst du am Grund des Ozeans und damit, dich zu fragen, wie du dich von drei Kindern überrumpeln lassen konntest.«

Ich versetzte der Kiste einen vorsichtigen Stoß und sie kippte und fiel mit lautem Platschen ins Wasser. Theo und Lu stellten sich neben mich und wir sahen zu, wie das Metallpaket rasch in der dunkelgrünen Tiefe versank.

Ich sah auf, ließ meinen Blick über den weiten Sund schweifen. Es war wieder so ein perfekter Herbsttag. Niemand außer uns war mit dem Boot unterwegs, bis auf ein einsames Segelboot weit draußen, das aufs offene Meer zuhielt. Es war zu weit entfernt, als dass ich mir hätte sicher sein können, aber ich wollte glauben, dass meine richtigen Eltern an Bord waren, vielleicht gemeinsam mit Michael Swenor, und den schönen Tag auf dem Wasser genossen.

»Ich werde eure Geschichte beenden«, sagte ich laut. »Ehrenwort.«

© Gayle Goodrich

D.J. MacHale ist Drehbuchautor, Produzent und Regisseur zahlreicher erfolgreicher amerikanischer Jugendfilme und TV-Serien. Während seiner Schulzeit in Greenwich, Connecticut, war er ein begeisterter Sportler, nebenher jobbte er als Tellerwäscher in einem Steakhouse, gravierte Sporttrophäen und sammelte Eier in einer Hühnerfarm. D.J. MacHale studierte an der New York University Filmproduktion. In New York begann auch seine Karriere in der Filmbranche. D.J. MacHale lebt mit seiner Frau Evangeline in Manhattan Beach, Kalifornien.